Henni Nachtsheim

Dollbohrer!

KNAUS & KO

Henni Nachtsheim

Dollbohrer!

Robinson, Moby Dick, Frankenstein und andere Klassiker ziemlich neu erzählt von der Hälfte von BADESALZ

KNAUS & KO

MIX
Papier aus verantwortungsvollen Quellen
FSC® C014496
Verlagsgruppe Random House FSC® N001967
Das für dieses Buch verwendete
FSC®-zertifizierte Papier *Danube*
liefert Salzer Papier, St. Pölten, Austria.

1. Auflage

Umschlaggestaltung: Oliver Schmitt unter Verwendung
eines Fotos von Alexander Mirsch
Satz: Uhl + Massopust, Aalen
Druck und Bindung: GGP Media GmbH, Pößneck
Printed in Germany
ISBN 978-3-8135-0543-6

www.knaus-verlag.de

Dollbohrer

Der Begriff »Dollbohrer« kommt vornehmlich im südhessischen sowie im rheinhessischen Sprachraum vor.

Ursprünglich verstand man darunter ein aus Schmiedeeisen gefertigtes Werkzeug, mit dem bei Fachwerkhäusern und Dachkonstruktionen »Dollen« (Löcher) zum Eintreiben der Holznägel gebohrt wurden.

Mittlerweile ist dieses Werkzeug allerdings vollkommen aus der Mode gekommen, dafür gibt es aber neue Definitionen:

So nennt man denn heute vor allem jene Menschen »Dollbohrer«, die offensichtlich schwer einen an der Waffel haben, sich aufgrund ihres desaströsen Geltungsbedürfnisses permanent in den Vordergrund spielen müssen oder zumindest zu unfassbaren Übertreibungen neigen.

In der Ausgrabungsbranche wird der Begriff ebenfalls verwendet, dort werden besonders übermotivierte Archäologen auch gerne als »Dollbohrer« bezeichnet.

Darüber hinaus gibt es auch ein Halsschmuckstück, das so heißt und in einer Wormser Goldschmiede entworfen worden ist.

Was aber an dieser Stelle niemanden wirklich weiterbringt!

Wie alles begann …

Anfang letzten Jahres fanden im hessischen Teil des Odenwalds, genauer gesagt ziemlich in der Mitte zwischen Brensbach und Groß-Bieberau, von der Öffentlichkeit kaum wahrgenommene Ausgrabungen statt. Eine Gruppe von Archäologiestudenten der Fachhochschule Darmstadt stieß dabei auf sehr viel mehr als auf die erhofften Tierfossilien oder Überbleibsel prähistorischer Werkzeuge.

Durch einen glücklichen Zufall (der von ihnen dazu gemietete Baggerfahrer, ein in Semd bei Groß-Umstadt ansässiger Serbe mit schlesischem Hintergrund, war aufgrund zu starken Alkoholgenusses am Steuer seines Gefährts eingenickt, dann vornüber auf den Führungshebel der Baggerschaufel gesunken, wodurch er sie mit unglaublicher Wucht auf die Erde rammte) wurde bei den Grabungsarbeiten zunächst ein großes Erdloch erzeugt, bei dessen genauerer Begehung dann wiederum ein freigelegter Eingang entdeckt (und dem Serben zudem ein Bruch des Jochbeins beschert, weshalb ihm die später oft zitierte Formulierung »glücklicher Zufall« etwas unpassend erschien). Der durch diese Umstände offengelegte Eingang führte die Studenten in ein riesiges unterirdisches Höhlensystem, dessen verschiedene Kammern ihnen wiederum Schätze offenbarten, die in Archäologenkreisen für großes Aufsehen sorgten und die man durchaus als historisch, wenn nicht gar sensationell bezeichnen durfte. Wusste man beispielsweise bislang nur, dass es im Jahre 1716 mal das berühmte, wenn auch mittlerweile verschollene Bernsteinzimmer gegeben hatte, musste man jetzt einräumen, dass es offensichtlich schon sehr viel früher ein Handkäszimmer gegeben hatte, das man jetzt komplett und weitgehend unversehrt hatte freilegen können! Und als wäre dies nicht schon Sensation genug, fanden sich in diesen über die Jahrtausende erhärteten Handkäswänden komplette und vollkommen erhaltene menschliche Gebisse, offenbar von damals hier lebenden Odenwäldern. Als man diese sorgfältig aus ihrer Schicht befreite, fingen sie plötzlich an zu klappern, um kurz darauf sogar zu sprechen! »Des gibt's doch gar net!«, »Ach, herrlisch, endlisch widder frei, endlisch widder babbeln« und »Es lebe de Odenwald!«, riefen sie fröhlich. Und so groß anfangs die Begeisterung der Archäologiestudenten über diesen scheinbar lustigen Fund auch war, so schnell kippte diese, als man nach ein paar Stunden feststellen musste, dass die Gebisse nicht gewillt waren, auch nur mal für eine Minute Ruhe zu geben. Was zur logischen Folge hatte, dass man sie schon bald kurzerhand einige Kilometer weiter in einem dunklen und unbewohnten Teil des Odenwaldes wieder aussetzte und sie dort sich selbst überließ.

Einer der Studenten, der in der Nähe des Ausgrabungsortes bei seinen Eltern wohnte, erzählte einige Wochen später, dass ihm eines der Gebisse gleich mehrere Male begegnet sei. Zunächst auf einem Wahlplakat zur Bürgermeisterwahl in Bad König, dann, nachdem es diese gewonnen hatte, wie es auf einem Foto beim Einzug ins Bürgermeisterbüro in die Kamera feixte, und noch mal ein paar Wochen später bei einem TV-

Bericht der »Hessenschau«, der zeigte, wie es eine neue Umgehungsstraße einweihte, indem es feierlich das obligatorische Band durchbiss.

Die wertvollste Entdeckung bei den Ausgrabungen in der Höhle jedoch war eine separate Kammer, in der man Dutzende bemerkenswert gut erhaltener Schriftrollen aus Pergament entdeckte. Wissenschaftler sprachen später vom »Tag, an dem die Literaturgeschichte neu geschrieben wurde« – was zwar die allgemeine Euphorie widerspiegelte, inhaltlich aber so nicht ganz stimmte. Denn wie diese Schriftrollen belegten, war die Geschichte der Literatur nicht an diesem Tag, sondern bereits vor vielen Jahrhunderten neu geschrieben worden. Oder sagen wir… anders! Im Klartext: Es fanden sich gleich reihenweise Kapitel, die offensichtlich zu großen Werken der Weltliteratur gehörten, die man aber bis heute so nicht kannte, da sie nie veröffentlicht worden waren. Und die die dazugehörigen Bücher jetzt, nach diesem Fund, in einem ganz anderen Licht erscheinen ließen. Ja, die meisten der gefundenen Schriften machten deutlich, dass viele heute bekannte Werke ursprünglich ganz anders gedacht beziehungsweise auch ganz anders angelegt worden waren! Dass es schlimme Manipulationen sowohl bei den Schauplätzen, vor allem aber bei den literarischen Figuren gegeben hatte! Und dass bestimmte heutige geschichtliche Erkenntnisse schlichtweg nicht den damaligen Wahrheiten entsprachen!

Aus diesen Erkenntnissen ergaben sich natürlich einige dringende Fragen:

1) Warum hatte man das seinerzeit gemacht?

2) Warum waren genau diese Kapitel aussortiert worden?

3) Wieso wurden all diese Bücher erst Jahrhunderte später, und dazu auch noch meist stark verändert, veröffentlicht?
4) Wie war es möglich, dass sich Kapitel fanden, deren Beschreibungen ihrer Zeit um etliche Jahrhunderte voraus waren?
5) Warum im Odenwald?

Fragen, die die Menschheit noch lange beschäftigen dürften!

Die Freie Archäologengruppe der Fachhochschule Darmstadt hat jedenfalls nach ausführlicher Auswertung dieses sensationellen Fundes beschlossen, das Material für die Öffentlichkeit freizugeben. Was den Verlag und mich zu großer Dankbarkeit verpflichtet, denn ohne diese Bereitschaft wäre dieses Buch hier nie möglich geworden!

Tauchen wir also ein in die Welt der bislang unveröffentlichten Kapitel der Weltliteratur. Auch wenn danach nichts mehr so sein wird wie vorher...

Henni Nachtsheim, Rödermark im Januar 2013

Die Bibel
Das Buch Moses

Eine der verstörendsten Entdeckungen bei den genannten Schriften dürfte eine Geschichte aus der Bibel gewesen sein, die offenbarte, dass sich damals eine entscheidende Begebenheit offensichtlich doch anders zugetragen hatte als bislang angenommen. Hatten die Kirchenleute und Gläubigen der Welt tatsächlich gedacht, dass längst Klarheit über all das herrschte, was sich damals ereignet hatte, so müssen sie spätestens jetzt zugeben, dass das so nicht stimmt. Und dass sich die Geschichte um Moses und seine Teilung des Roten Meeres dank seines erhobenen Stabes und die damit verbundene Rettung des Volkes der Israeliten definitiv etwas anders zugetragen hatte …

Die Flucht vor den Ägyptern war anstrengend für Moses gewesen. Zum einen, weil er vorher noch nie für so eine große Gruppe die Verantwortung hatte tragen müssen, zum anderen, weil ihm niemand von höherer Stelle irgendeine Unterstützung etwa in Form von Hilfspersonal hatte zukommen lassen. Zwar gab es auch schon damals eine recht erfolgreiche Vermittlungsstelle für eingewanderte Hebräer und Midianiter, aber da gerade die Hochsaison für Kreuzigungen und Folter begonnen hatte und man in dieser Zeit als Aushilfshenker beziehungsweise Teilzeitfolterer sehr gut verdienen konnte, war der Arbeitsmarkt so gut wie leer gefegt.

Moses war also mehr als genervt und erschöpft, zumal das

Volk, das er da anführte, ja nicht nur einfach hinter ihm hergelaufen war, sondern permanent für Unterbrechungen gesorgt hatte. Mal hatte sich einer den Knöchel verstaucht, dann klagte einer aufgrund der einseitigen Ernährung über Durchfall, dann bekam irgendjemand mittendrin ein Kind, während sich kurz drauf wiederum zwei Eheleute mit seiner Hilfe scheiden lassen wollten.

Und als ob das nicht schon alles genug Nerverei gewesen wäre, stellte immer irgendeiner diese nutzlosen Fragen: »Wie lang dauert's dann noch?«, »Sind wir bald da?«, »Wie viel Uhr isses denn?« und so weiter und so fort.

Moses war es leid, immer wieder antworten zu müssen, und es gab manche Momente, in denen er bitter bereute, sich beruflich nicht ganz anders entschieden zu haben. Denn neben den eben bereits erwähnten Jobs im Hinrichtungs- und Folterbereich gab es auch andere lukrative Erwerbsmöglichkeiten. Archimedes zum Beispiel hatte gerade die Archimedische Schraube erfunden und suchte händeringend nach Mitarbeitern, die diese in seinem frisch gegründeten Werk jeweils hunderterweise in Packungen für den Versand füllten! Auch hatte Moses gehört, dass Vasenmalerei schwer im Kommen war und man vielerorts manuell geschickte Leute dafür suchte. Ja, das hätte er sich vorstellen können, Schrauben abzählen oder Vasen bepinseln. Oder beides abwechselnd. Doch was sollte es. Da er sich für diese Aufgabe hatte breitschlagen lassen, musste er da jetzt auch durch! Zu allem Überfluss auch noch mit den beiden großen Schiefertafeln auf dem Rücken, auf denen diese Zehn Gebote standen. Wovon er übrigens nur knapp die Hälfte gut, die andere jedoch stark überarbeitungswürdig fand. »... aber mich fragt ja keiner«, murmelte er gerade, als er plötzlich dem nächsten Problem gegenüberstand. Dem Roten Meer!

»Was mach ich denn jetzt?«, raunte er, als er dieses Ungetüm aus Wasser und Wellen sah, das sich da vor ihm aufbäumte. »Das kann ja heiter werden!«

Mittlerweile waren auch die Israeliten hinter ihm zwangsläufig zum Stehen gekommen und musterten argwöhnisch die aufgewühlten Fluten.

»Und jetzt, Moses?«, rief einer.

Moses verkniff sich das Zucken seiner Schulterblätter, denn schon die geringste Andeutung von Hilflosigkeit hätte die komplette Truppe in Panik versetzen können. Also hob er die Hand, um so zu signalisieren, dass er überlegen müsse. Genau in diesem Moment sprach eine Stimme zu ihm.

»Un, Chef, kann ich helfe? Ich maan, ich will mich net uffdrängele ... aber es gibt ja dorschaus Situatiönscher, da is mer froh, wann einem einer hilft, gell?«

Moses stutzte. Die Stimme vernahm er, aber woher kam sie? Fragend schaute er in den Himmel über sich.

»Naa, des wär jetzt grad e ma die falsche Rischtung, Chef, Sie müsste bitte schön eher nach unne gucke!«

Moses schaute also nach unten und sah jetzt auch den, dem diese Stimme gehörte. Vor ihm stand ein kleiner, stämmiger Mann in einem blauen Anzug aus offenbar strapazierfähigem Material, auf dem Kopf eine dazu passende blaue Kappe.

»Ich will Sie ja grad net störn, Chef, aber ich seh, dass Sie ... ich sach ma ... eine gewisse Hilfe schon örschendwie gebrauche könnte, gell?«

Moses musterte den merkwürdigen Fremdling argwöhnisch. Was dieser jedoch vollkommen ignorierte.

»So wie ich des seh, komme Sie bei diesem Wellegang net werklisch weiter, gell?

Klar, Sie könnte es mit Schwimme versuche, aber wenn ich mir Ihre Leut so anguck, dürften Ihne die meiste allein schon von de Kondition her spätestens nach hunnert Metern absaufe wie die Backsteinscher! Und deswegen glaub ich, meine Jungs und ich wärn da genau die Rischtische!«

Fragend schaute Moses ihn an.

»Auch wenn ich gar nicht weiß, wer Sie sind... wie und was wollen Sie denn machen? Und wer sind ›Ihre Jungs‹?«, fragte er und erschrak dabei über seine eigene Ratlosigkeit.

»Entschuldigung... des war unhöflisch! Gestatten... Manfred Euler! Sie könne aber auch gern ›Manni‹ sache! Also, lasse Sie uns einfach nur mache, Chef! Werd net ganz billisch... aber was ist schon umsonst im Leben, gell? Und des hier sind meine Jungs!«

Mit diesen Worten pfiff er lautstark auf zwei Fingern, und schon erschienen jede Menge weiterer kleiner kompakter Männer in ebenfalls blauen Anzügen. Auf einem großen Wagen karrten sie in Windeseile alle möglichen Geräte an, die sie genauso schnell abluden. Ruck, zuck wurden eigenartige, kleine Rohre in genauso eigenartige größere geschraubt, wurden merkwürdige Konstruktionen aufgefahren und weitere Dinge eingesetzt, die weder Moses noch seine Gefolgschaft je zuvor gesehen hatten, die aber angesichts der entschlossenen Vorgehensweise der blauen Männer offensichtlich einen Sinn ergaben! Deren Anführer stellte sich jetzt neben Moses, um ihm alles zu erklären.

»Also, mer habbe jetzt, ich sach ma, en zweigleisisches Rohrsystem verlescht. Durch die innen liegende Rohrn und die Flachsaugpumpe werd des Wasser eingezoge, und durch die außen lieschende werd's seitlich abgepumpt. Die Hauptpumpe, die sowohl die Flach- als auch die Abwälzpumpen antreibt, wird, wie Sie sehen, durch Pedalantrieb angetribbe. Ei ja, was solle mer sonst mache hier drauße? Des heißt, je schneller meine Mitarbeiter trete, umso schneller fließt auch des Wasser ab. Durch den Innedruck entsteht jetzt gleich eine Art wasserloser Freiraum, also quasi ein Wesch, der Ihne Ihren Leuten und Ihne ermöglicht, ans annere Ufer zu komme ohne abzusaufe!«

Er formte seine Hände zu einem Trichter.

»Achtung, Männer, bei drei geht's los! Und schön gleichmäßisch trete, sonst wird des nix! Eins, zwei, drei!«

Sofort legten sich seine Leute schwer ins Zeug, und schon kurz drauf wurden große Wassermengen zur Seite gepumpt.

»Sehen Se, es funktioniert! Also, dann ma nix wie rübber ...!«

Auch wenn Moses immer noch nicht verstanden hatte, was da eigentlich genau passiert war, hatte er zumindest begriffen, dass sich das, was sich da direkt vor ihnen auftat, der rettende Weg durch das Rote Meer war.

Und da die Zeit ja drängte, trieb er die Menge mit wildem Stockgefuchtel und lautem Gebrüll in Richtung des soeben neu geschaffenen Pfades. Bald schon war das letzte Mitglied seiner Gefolgschaft auf dem sicheren Weg in die Freiheit, sodass schließlich nur der kleine kompakte Mann und er selbst noch am Strand standen.

»Hat Gott euch geschickt?«, fragte Moses, immer noch ungläubig den Kopf schüttelnd.

»Na, der war's net... auch wenn sich unsern Chef schon gerne ma so sieht. Aber jetzt im Ernst... wenn man so 'ne Ferma wie unsere erfolgreich uffbaue will, brauch mer natürlich des rischtische Nässche! Und solang die Uffträge noch net von selber komme, kommen wir halt von selber! Gut, gell?«

»Ich weiß gar nicht, wie ich Ihnen danken soll.«

»Ganz einfach ...«

Der Kleine grinste ihn gut gelaunt an, während er ihm eine Papierrolle in die Hand drückte.

»... so schnell wie möglich den komplette Rechnungsbetrag überweise. Wobei ich Ihnen sogar bei Sofortüberweisung 2,5% Skonto einberaumt hab!«

»Aber ich weiß gar nicht, was das bedeutet«, entgegnete Moses, »›Sofortüberweisung‹, ›Skonto‹ usw.«

»Des mescht nix. Mein Bruder is grad im Begriff, des Bank- und Versicherungswese zu erfinden. Der kimmt nächste Woche bei Ihne vorbei und erklärt Ihnen alles! So, und jetzt müsse mer weiter! Wie ich gehört hab, soll net weit von hier 'ne Kreuzischung im große Stil stattfinne, so mit rischtisch viel Besuchern und so. Und wo viele Leut zusammekomme, werd ja auch viel getrunke und gegesse. Also auch viel Wasser gelasse und ... na, Sie wisse schon, was ich meine! Desdewesche brauche die natürlich jede Menge, ich sach ma, Notdurftstelle. Und genau da kommen wir ins Spiel. Wir baue so Häusscher auf, die für nichts anneres gemacht sind als für die menschlichen Bedürfnisse. Mer habbe da so ein neuartiges Material entwickelt, mer nenne es im Moment erst mal ›Kunststoff‹ ... und genau aus dem sind unsere Häusscher. Ausgesproche stabil! Damit se net gleich beim erste Windstoß umkippe wie die Salzstängelscher! So, und jetzt genug gebabbelt, ich muss los! Dann alles Gute! Und natürlich net vergesse, uns immer schön weiterzuempfehlen!«

Was Moses nachweislich nie tat und was zur Folge hatte, dass sich sowohl Dixiklos als auch die Firma »Pumpen-Euler« als Hersteller von Schlauch- und Umwälzpumpen in dieser Zeit nur mühsam durchsetzten und noch einige Jahrhunderte brauchten, bis sie endlich die Beachtung fanden, die sie verdient hatten!

Frankenstein

Die genaue Zahl der vielen Verfilmungen oder Adaptionen des Werkes von Mary Shelley lässt sich nicht wirklich feststellen. Was aber alle inklusive dem Buch gemeinsam haben, ist der kollektive Irrglaube, dass das von Dr. Frankenstein erschaffene Monster irgendwann auf dramatische Art und Weise ums Leben gekommen war …

Normalerweise las das Monster die »Sport-Bild« nicht. Aber dieser Typ auf dem Titelblatt mit den komisch übereinander liegenden Zähnen und den auffälligen Narben im Gesicht hatte sofort seine Aufmerksamkeit geweckt. Also hatte es die Zeitschrift unbemerkt aus dem Ständer neben dem Kiosk gezogen und war damit in den Bus gestiegen. Die Fahrt würde schließlich gute fünfundvierzig Minuten dauern, da war ein bisschen Lektüre ja nicht verkehrt. Neugierig überflog es all die Seiten, die dem Mann vom Titel gewidmet waren. Der Name sagte ihm überhaupt nichts. Frank Ribéry? Noch nie gehört! Und wer oder was war Bayern München? Aber eigentlich war das auch nicht wichtig. Was das Monster interessierte, war, woher der Typ diese Narben hatte und wie er trotzdem damit offensichtlich so berühmt geworden war, dass er es sogar auf das Titelblatt einer Zeitung geschafft hatte!

Wobei es nicht so war, dass es seine eigenen Narben als störend empfand! Es hatte sich ja längst an sie gewöhnt! Genauso daran, dass die viel zu hohe Stirn für immer viel zu hoch bleiben würde! Ja, selbst die Tatsache, dass sein ehemals pechschwarzes Haar auf seinem viereckigen Kopf erste Grautöne aufwies und deswegen auch farblich nicht mehr ganz so schön zu seinem grünlichen Teint passte, war aus seiner Sicht hinzunehmen. Aber was das Monster kolossal nervte, ja, was es so wütend machte, waren die beiden fingerdicken Schrauben, die ihm Dr. Frankenstein damals bei seiner Erschaffung zwecks Stabilisierung links und rechts in den Hals montiert hatte.

Es war nicht der Umstand, dass sie da waren, nein, nein, sie machten ja Sinn! Und auch ihre starke magnetische Anziehungskraft auf Blitze bei Gewittern war ihm beileibe nicht unangenehm, im Gegenteil! Denn erstens war er ja unter Zuhilfenahme genau solcher Blitze seinerzeit im Labor von Viktor Frankenstein überhaupt erst erschaffen worden, und zweitens fühlte es sich nach jedem Einschlag immer so herrlich erfrischt und besonders lebendig! Was ihm aber so die Laune verhagelte, war, dass sie auf einmal rosteten! Diese Scheißschrauben hatten über Jahrzehnte geglänzt wie Edelmetalle, und jetzt auf einmal das! Hässlicher Rost, der nicht nur blöd aussah, sondern einen auch noch deutlich älter machte.

Also war das Monster heute Morgen zu dieser Praxis für Schönheitschirurgie gefahren, fest davon ausgehend, dass man ihm dort helfen würde. Fehlannahme! Man könne ihm, so versicherte ihm ein Doktor, die Nase verkleinern, die Haut straffen, Fett absaugen oder die Brust verkleinern. Oder auch vergrößern! Und … apropos … natürlich wäre es auch ein Leichtes, seinen … na, er wüsste schon … zu verlängern! Aber auf so was wie verrostete Schrauben im Hals sei man nicht eingestellt, hätte auch keinerlei adäquates Ersatzmaterial im Haus, und überhaupt würde eine Korrektur der Halsschrauben nur sehr selten gewünscht. Nein, diesbezüglich könne man ihm nicht helfen, mal ganz abgesehen davon, dass er zudem nicht privat versichert sei, was, bei allem Verständnis, jedweden Eingriff schier unmöglich mache. Aber es sei doch vielleicht mal einen Versuch wert, jemanden aufzusuchen, der von Haus aus mit Metall zu tun hatte.

Keine halbe Stunde später stand das Monster auf dem ölverschmierten Boden einer kleinen Autowerkstatt (»Alle Marken, alle Teile«), um dem dortigen Meister sein Problem zu erklären. Die Redewendung, dass etwas »seinen Mann ernährte«, schien im Fall dieses Unternehmens mehr als zuzutreffen, denn zwischen dem Werkstattchef und dem Michelin-Mann auf der Reifendrucktabelle an der Wand bestand figurtechnisch eigentlich keinerlei Unterschied.

»So, so, die Dinger roste, und des stinkt Ihne! Des glaub ich. Wann ich so Stängelscher im Hals stecke hätt, würd mir des aach net gefalle ...!«

Das Monster betrachtete ihn und fragte sich, von welchem Hals sein Gegenüber da eigentlich sprach, schienen doch dessen Oberkörper und Kopf unmittelbar aneinandergewachsen zu sein.

»Des Problem is, dass der Rost sich schon so dorschgefresse hat, dass man des mit 'ner Politur oder so aach net mer hiekriescht! Rausziehe will ich se auch net, weil ich net weiß, ob Ihnen dann die Birne einfach nach vorne abknickt und ich hier 'ne Riesensauerei uffwische muss. Sie sehe ja eh schon e bissi krank aus! Und drübberlackiern bringt aach nix, weil der Rost sich eh durch alle Farben nach außen wieder dorschfrisst! Nee, ich glaub, da kann selbst de Walter nix mache!«

»Wer ist denn Walter?«, murmelte das Monster.

»Na, ich!«

Jetzt saß es wieder im Bus und war frustriert. Und der Artikel in der »Sport-Bild« über das andere Monster gab auch keine Antwort auf seine Fragen.

»Die Fahrkarten bitte!«

Irritiert blickte es aus seinen tief liegenden Augen nach oben. Der Freundlichkeitsgrad im Gesicht der kräftigen Kontrolleurin, deren mädchenhafter Pagenschnitt einfach nur ein mieser Versuch war, die Wahrheit ihrer kantigen und vollkommen unfemininen Physiognomie zu kaschieren, stand auf einer Skala von eins bis zehn maximal auf minus fünf.

»Was?«

»Ich sagte: ›Die Fahrkarten bitte!‹ Hätte ich ›Kalte Getränke!‹ gesagt, dann hätte ich auch welche dabei!«

»Schade, ich habe nämlich sehr starken Durst!«, antwortete das Monster ernst.

»Gut, da hat wohl einer heute Morgen einen Clown gefrühstückt, wir haben alle mal herzlich gelacht, aber jetzt widmen wir uns wieder meiner Frage …«

»Ich habe gar nicht gelacht. Mir ist auch gar nicht nach lachen. Ich bin schon den ganzen Tag unterwegs, weil ich große Probleme habe wegen der Schrauben …«

»Dass Sie ein Problem mit Ihren Schrauben haben, glaub ich Ihnen aufs Wort, aber was mich einzig und allein interessiert, ist eine gültige Fahrkarte! Also, haben Sie eine oder nicht?«

Das Monster schüttelte den Kopf. Wie sollte sich denn jemand eine Fahrkarte kaufen können, der den Großteil seines Lebens ohne Geld auskommen musste? Monster bekamen nicht an jeder Ecke einen Job. Und wenn es mal arbeiten durfte, so wie damals im Tierpark Hagenbeck, dann war es erfahrungsgemäß schon wenige Tage später wieder arbeitslos. In diesem Fall, weil sein Typ bei Tieren, egal welcher Spezies auch immer, offensichtlich nicht besonders gut ankam. Ob Affen, Elefanten oder Giraffen, alle hatten sich immer sofort vom Freigehege in die Innenkäfige verzogen, sobald er auch nur in ihre Nähe kam. Selbst die Hyänen blieben heulend in der Tiefe ihrer künstlichen Höhle sitzen! Was zur logischen Folge hatte, dass sich das Publikum, das ihn übrigens einfach nur für einen verkleideten Teil des Rahmenprogramms hielt, natürlich beschwerte. Zoobesuche hatten nun mal mit der Besichtigung von Tieren zu tun, und nicht damit, suchend in leere Gehege zu starren und weinenden Kindern zu erklären, dass Tiere auch ihre Privatsphäre hätten.

Nein, das Monster hatte keinen Fahrschein. Und auch keine fünfzig Euro, um die Strafe zu bezahlen. Aber warum auch? Dieser Tag war eh nicht sein Freund, da machte es auch nichts mehr aus, dass es jetzt von der Kontrolleurin mit der Lügenfrisur aus der zischenden Hydrauliktür geführt wurde wie ein verurteilter Schwerverbrecher. Ja, selbst dass sie ihm jetzt noch tatsächlich, und gegen jede Vorschrift, Handschellen anlegte, regte es nicht wirklich auf. Zu oft in seinem scheinbar unendlichen Leben war es ungerecht behandelt worden, und wie immer in solchen Momenten versank das Monster in sich selbst und seiner unendlich tiefen Einsamkeit. Und so bemerkte es auch nicht, wie es urplötzlich anfing zu regnen, wie in Windeseile ein Gewitter heranzog. Den Einschlag registrierte es allerdings dann doch. Und auch, dass direkt neben ihm etwas Schweres zu Boden sank. Diese Blitze hatten, wie bereits erwähnt, etwas Erfrischendes! Wenn auch nicht für jeden gleich, wie die tote Kontrolleurin mit dem überraschten Gesichtsausdruck deutlich belegte und aus deren Uniformtasche es sich jetzt den kleinen Schlüssel fischte, um sich von den Handschellen und ihrer Nähe zu befreien.

Kurz darauf stand das Monster lächelnd im strömenden Regen, der sich spielerisch durch die Kerben und Narben seines grünlichen Gesichtes schlängelte. Mochte sein, dass ihm die Schrauben einen schwierigen Tag beschert und es letztendlich überhaupt erst in diese Situation gebracht hatten. Aber dafür hatten sie es jetzt auch wieder da rausgeholt.

»Scheiß auf verrostet«, murmelte es, »ich bin froh, dass ich euch habe!«

Wie zur Belohnung dieser Erkenntnis fuhr ein weiterer Blitz in das Metall in seinem Hals.

Den Pendlern, die um diese Uhrzeit mit ihren Autos hier nach Hause fuhren, bot sich an diesem Nachmittag ein ungewohnter Anblick. Ein eigenartiges Wesen mit einem zu großen, grünen, viereckigen Kopf und komischen Teilen im Hals sprang fröhlich von Pfütze zu Pfütze, grölte dabei »I'm singing in the rain!« und winkte jedem zu, der an ihm vorbeifuhr!

Der Pate

War wirklich New York der Hauptschauplatz, an dem der berühmte Pate und sein Clan ihr Unwesen getrieben hatten? Lange hatte man das aufgrund des großen Mafiaromans von Mario Puzo geglaubt. War es aber nicht …!

Da stand er!

Selbstgefällig wie immer.

Als würde das hier alles ihm gehören.

Es wurde höchste Zeit, die Verhältnisse gerade zu rücken. Mal klären, wer hier das Sagen hatte und wer nur so tat! Und heute passte es besonders gut! Weil hier sonntagnachmittags die meisten Menschen waren. Mütter, Väter, Kinder, Opas, Omas, Singles, alle hatte das schöne Wetter hierhergelockt. Und genau jetzt, da die Arglosigkeit am größten war, konnte man sich locker unter die Menge mischen! Michael, Peter, Tom und Schorschi wussten, was zu tun war!

»Seht ihr den aale Fettsack? Da drübbe steht er!«, zischelte Michael den anderen zu. »Alles klar, ungarische Zwei-Zentner-Qualle auf Block eins!«

»Ich seh sie! So, mein Schätzche … gleich bist du reif.«

»Willst du zuerst, Peter?«

»Nee, du kannst auch gern zuerst, Schorschi!«

»Ich muss aber net. Was is mit dir, Tom?«

»Ach, ich lass Peter gern den Vortritt …«

Schließlich einigte man sich gut gelaunt darauf, dass es alle gleichzeitig machen sollten. Denn so hartherzig die vier beim Umgang mit dem Rest der Menschheit auch sein konnten, so innig und freundschaftlich war ihr Umgang untereinander. Was ihnen bei der Ausübung ihrer Boshaftigkeiten vermutlich genau die Kraft verlieh, die man dafür brauchte!

Sie fixierten also ihr Opfer, das sich noch gute zweihundert Meter von ihnen entfernt befand und genauso ahnungslos war wie all seine Vorgänger in den Sommern davor. Niemand nahm Notiz von ihnen. Denn wer würde schon vermuten, dass diese vier Männer um die siebzig, mitten hier im Freibad von Bad Soden am Taunus, mit ihren ausgemergelten Körpern auf spindeldürren Beinen in altmodischen Badehosen und genauso aus der Mode geratenen Badekappen auf den hageren Köpfen, Böses im Schilde führten? Selbst die beiden Hilfsbademeister, die gerade gelangweilt von ihren Hochstühlen auf die Menschenmenge rund um das Freischwimmerbecken glotzten, übersahen die Gang, die sich jetzt Meter für Meter ihrem Chef auf Startblock eins näherten. Übersahen, wie Michael vier dicke kubanische Montecristo-Zigarren aus der Seitentasche seiner gelb-braun-ocker gestreiften Badehose zog. Sie an seine Kumpels sowie an sich selbst verteilte und trotz der zahlreichen unübersehbaren Rauchverbotsschilder mit einem Feuerzeug, das an einer goldenen Kette auf seiner Brust baumelte, allen Feuer gab, und alle vier parallel einen tiefen Zug inhalierten.

Jetzt waren sie auf der Höhe des ahnungslosen Dicken. Beide Hände in die speckigen Hüften gestützt, in der absurden Hoffnung, so seine zirka vierzig Kilo Übergewicht zu kaschieren. Und nun ging alles ganz schnell. Schorschi stellte sich rechts neben das Opfer, Michael und Peter dahinter, während Tom die linke Flankenposition einnahm. Letzterer war es auch, der den Dicken ansprach, indem er ihn fragte, ob er diese Person da auf der anderen Seite des Beckens sehe, die gerade zum wiederholten Male unerlaubterweise vom Beckenrand ins Wasser sprang. Und genau in dem Moment, in dem der Ahnungslose in die angezeigte Richtung blinzelte, drückten ihm alle vier synchron ihre brennenden Zigarren direkt und ohne Umwege in den Hüftspeck.

Der Ungar schrie auf vor Schmerzen, Michael gab ihm den entscheidenden Schubs... und schon plumpste ein großes dickes hilfloses Etwas mit Brandlöchern an den Hüften laut schreiend ins Wasser. Während die meisten Badegäste diesen kuriosen Sturz sowie die panischen Gebärden des Dicken, der jetzt auch noch so tat, als ob er nicht schwimmen könne, als humoristische Schauspieleinlage wahrnahmen und mit lautem Gelächter, ja sogar Applaus bedachten, lief die Vierergang einfach weiter. Selbst als sie höhnisch Geräusche wie das Rufen eines gestrandeten Pottwals oder das panische Grunzen eines in Not geratenen Schweins nachäfften, schenkte ihnen keiner irgendeine Form der Beachtung. Denn mittlerweile hatten auch die letzten Badegäste mitbekommen, dass da dieser neue ungarische Bademeister im Freischwimmerbecken offensichtlich eine Mordsschau abzog. Ja, selbst seine beiden Assistenten da oben stellten sich nun auf ihre Hochstühle, um sich so bessere Sicht auf die lustige Showeinlage ihres Chefs zu verschaffen!

Und nichts anderes konnte es ja sein. Denn auch wenn sie

das untereinander nie thematisiert hatten und auch wenn sie ihn nie hatten wirklich schwimmen sehen, konnte man ja wohl davon ausgehen, dass die Stadt Bad Soden im Rahmen ihres Austauschs mit der ungarischen Partnerstadt sicher keinen Nichtschwimmer für diese Stelle hier einstellen würde!

Kurz drauf lagen Michael, Peter, Schorsch und Tom wieder direkt unter der Eiche am Sonnenhügel. Von wo aus sie einen prima Ausblick auf den Beckenbereich hatten, in dem jetzt richtig was los war. Gerade mischten sich sogar ein paar Rettungssanitäter unter die gut gelaunte Meute!

»Habt ihr gut gemacht, ihr Buwe!«

Michael und die anderen drehten sich in Richtung des majestätischen Liegestuhls, der hinter ihren Handtüchern im Schatten stand.

»Freut mich, Viktor, wenn du zufrieden bist! Meinst du, er hat's jetzt verstanden?«

Geblendet von der Sonne, konnte er für einen Moment nur die Konturen des Mannes im Liegestuhl erkennen. Viktor, deutlich kräftiger als die vier Dürrrappel vor ihm, schmatzte laut, während er sich ein Unterhemd über das Gesicht legte, um es vor der Sonne zu schützen. Und auch wenn er darunter nur flüsterte, verstand jeder in dieser Runde klar und deutlich seine Antwort.

»Des wird dem Pusztamann eine Lehre sein. Ich habe ihm ruhisch und deutlisch gesagt, dass wir hier wie schon immer keinen Eintritt bezahle wern! Dass des hier obbe unser Platz ist und er dadefür sorgen muss, dass des respektiert wird und hier kaan annerer liescht. Dass mer im Umkreis von fünfzisch Metern keine lärmende Kinner wolle. Dass wir täglich eine große Rolle mit diesen Bonusmärkchen für den Schwimmbad-Kiosk brauche. Und immer frische Handtücher. Und was macht er? Lacht mich aus, nennt mich en ›senile Sack‹, der sich verziehe soll! Und dass Siebzigjährige froh sein dürfte, wenn sie hier überhaupt noch neigelasse würde. Des war net klug von ihm. Deswesche habbe wir ihm jetzt auch en Angebot gemacht…«

Michael vollendete den ihm so vertrauten Satz: »… das er nicht ablehne kann! Ich weiß, Viktor, ich weiß!«

Während Viktor mit einem besonders lauten Schmatzen das Gespräch für beendet erklärte und sich einfach nur genüsslich am Bauch kratzte, machte Michael es sich jetzt auf seinem großen Badetuch bequem.

Niemand, bis auf diesen dicken ungarischen Austauschbademeister, der gerade in einem durch die Stadt rasenden Krankenwagen reanimiert wurde, hätte auch nur ansatzweise geahnt, dass fünf alte, weißhäutige Männer, von denen der im Liegestuhl der Chef war, das Freibad in Bad Soden dermaßen fest im Griff hatten! Das hier war ihr Bereich, und zwar seit Jahrzehnten! Und niemand würde sie je daran hindern, ihn so zu regieren, wie sie das wollten. Und wenn doch, dann gab es ja noch die Sache mit den Angeboten…

Moby Dick

Was für eine Sensation! Nicht nur, dass der weltberühmte Roman um den riesigen weißen Wal Moby Dick und den ihn jagenden Käpt'n Ahab komplett anders konzipiert war als später veröffentlicht… nein, auch sein eigentlicher Titel war durch die Herausnahme eines einzigen kleinen Wortes grundlegend manipuliert worden. Denn in seiner Urversion hieß dieser Klassiker in Wirklichkeit:

Moby und Dick

Es gibt viele Arten von Schleusen. Manche bestehen aus der Schleusenkammer und zwei oder mehr Schleusentoren. Es gibt aber auch Schleusen mit mehr als zwei Toren, beispielsweise an Kreuzungen von Kanalsystemen, wie zum Beispiel die Kesselschleuse in Emden. Die Schleuse nahe der belgischen Grenze, an der Dick Peters nun schon seit über dreißig Jahren tätig war, gehörte zu den kleinen, eher simplen Konstrukten. Eine mit nur einem Tor, das man morgens öffnete und abends schloss. Was zwar eine nächtliche Weiterfahrt unmöglich machte, aber auch niemanden störte, weil hier nachts sowieso keiner langwollte. Eigentlich hätte man meist schon am späten Nachmittag den Hebel zur Schließung betätigen können, denn spätestens ab sechzehn Uhr kam hier so gut wie nie noch ein Schiff vorbei.

Trotzdem wartete Peters, der eigentlich mit Vornamen Rolf

hieß, aber schon seit Kindheit von allen nur »Dick« genannt wurde, auch an diesem Freitag im August bis achtzehn Uhr, um dann pünktlich die Schleuse zu schließen. Wie immer ging er die exakt zweiundzwanzig Komma vier Meter von seinem Schleusenwärterhäuschen rüber zum Kanal, um sich davon zu überzeugen, dass das Tor auch ordnungsgemäß und gänzlich geschlossen war. Und während er da so lief, genoss er die Stille hier draußen, ja, er sog sie förmlich ein. Dick Peters war nämlich das, was man einen »ruhigen Zeitgenossen« nannte. Einer, der nicht gern viel Worte machte und der möglichst jedem ausgedehnten Gespräch aus dem Weg ging. Wobei »ausgedehnt« schon war, wenn ihn die Bäckersfrau hinter der Ladentheke fragte, ob sie die Laugen- und die Kümmelbrötchen zusammen in eine Tüte stecken dürfe, und er dann nickte. Deshalb hatte er auch kein Telefon zu Hause, geschweige denn ein Handy! Dass Menschen freiwillig dazu bereit waren, überall und jederzeit erreichbar zu sein, überschritt seinen Verständnispegel komplett. »Jo!«, »Nee!« und »Ui!« waren denn auch die Säulen seiner Sprache, und damit war er bislang mehr als gut zurechtgekommen.

So ungern er sprach, so gerne aß er! Vor allem Fleischwurst! Fleischwürste waren nicht nur einfach besonders lecker, sie gaben ihm Halt, sie beruhigten ihn, sie spendeten ihm Trost und lösten immer wieder einen ungebremsten Optimismus in ihm aus, wenn er nur an sie dachte. Ja, Fleischwürste waren im Laufe seines Lebens Mittelpunkt seines Ichs geworden. Die dadurch hervorgerufene enorme Verbreiterung seines Körpers vor allem im Gürtelbereich hatte dem Wortkargen aus seiner Sicht viele Vorteile gebracht. Vor allem genoss er, dass es schon lange keine Frau mehr auf ihn abgesehen hatte.

Frauen redeten nämlich besonders gern und besonders viel, und das hätte ihn vermutlich irgendwann verrückt gemacht! So aber war er der dicke Schleusenwärter mit dem (mittlerweile) passenden Rufnamen, zu dem keiner Kontakt suchte (was den Begriff »Rufnamen« wiederum eigentlich überflüssig machte). Der Sonderling, der da tagein, tagaus in seinem kleinen schmucklosen Häuschen neben der Schleuse saß.

Dick Peters bemerkte gleich, dass an diesem Tag etwas nicht stimmte. Das Tor hatte sich nicht vollständig geschlossen.

»Wahrscheinlich wieder einer von diesen verfaulten Baumstämmen, die sie beim Sägewerk flussaufwärts ins Wasser geworfen haben«, dachte er, während er die glitschige Steintreppe runterstapfte. Er kannte das und wusste, dass es kein großer Akt war. Einfach ins dunkle Wasser greifen und den störenden Gegenstand herausziehen, damit sich das Tor wieder richtig schließen ließ. Routiniert kniete er sich hin, krempelte die Ärmel seines alten Wollhemdes hoch, um mit seinen Händen nach dem Stamm zu fischen. Und schon hatte er ihn.

»Ui«, schoss es ihm durch den Kopf, denn das hier war nicht nur was Größeres, sondern zudem auch noch was, das sich für ein Stück Holz recht heftig bewegte. Aber da er bislang ein komplett unfallfreies Leben ohne böse Überraschungen geführt hatte, war er durch und durch angstfrei. Also griff er beherzt zu, um das Ding an Land zu ziehen.

»Bestimmt ein Barsch oder ein Karpfen, nee… eher ein Wels…«

Das Wasser spritzte, und für einen Moment konnte er nichts mehr sehen. Spürte nur, dass der große Fisch versuchte, sich durch heftige Bewegungen aus seinem Griff zu befreien. Mit einem für ihn ausgesprochen sportlichen Schwung warf er ihn einfach über seinen Kopf hinweg auf den Uferrand. Dann drehte er sich um und staunte nicht schlecht. Da lag nämlich weder Barsch noch Karpfen! Sondern eine Meerjungfrau, die ihn jetzt unsicher anschaute. »Nee«, sagte Dick und betrachtete seinen ungewöhnlichen Fang. Für einige Minuten starrten sich beide an. Dann setzte sich Dick, für ihn ungewöhnlich kommunikativ, direkt neben sie.

»Dick«, murmelte er.

»Moby!«, antwortete die Seejungfrau.

Erneut vergingen weitere Minuten, in denen sie einfach nur dasaßen, ohne ein weiteres Wort zu wechseln. Beim erneuten Betrachten bemerkte er aber, dass sich Moby anscheinend in der Schleuse an der Flosse verletzt hatte.

»Du blutest.«

Die Seejungfrau nickte.

»Ja, das stimmt!«

Dick gefiel die knappe Antwort. Angestrengt überlegte er, was nun zu tun sei. Eine verletzte Nixe durfte man ja nicht so ohne Weiteres zurück ins Wasser werfen. Aber sollte er sie deswegen mit nach Hause nehmen? Denn schließlich war sie weiblich – und konnte sprechen! Dass sie im Moment nicht viel sagte, konnte ja durchaus ein Täuschungsmanöver sein! Und wenn er sie doch aufnähme … wo sollte sie schlafen? Er hatte nur diese kleine und vollkommen meerjungfrauenuntaugliche Sitzbadewanne. Und was würden die Nachbarn sagen? Da hatte er noch nie was mit einer Frau gehabt, und plötzlich wohnte er mit so einer zusammen!

Die Fragen und Zweifel purzelten nur so durch sein Gehirn.

Was würde aus seinen häuslichen Ritualen und Gewohnheiten? Das mit dem musikalischen Begleitfurzen zu Stücken, die im Radio liefen, konnte er natürlich vollkommen vergessen, wenn da noch jemand wäre. Wobei er wirklich gut darin war, und bezüglich der musikalischen Stilrichtungen ausgesprochen flexibel. Erst vor ein paar Tagen hatte er direkt hintereinander erst »Bohemian Rhapsody« von »Queen« und »A Girl like me« von Rihanna so treffsicher begleitet, dass die Interpreten mit Sicherheit ihre große Freude daran gehabt hätten. Aber trotzdem … Und wie würde jemand reagieren, wenn er seine Sammlung mit den Wurstschnüren fand. Die schnitt er nämlich schon seit über zwanzig Jahren vorne vom Kopf oder eben auch hinten vom Ende einer jeden Fleischwurst ab und klebte sie in große Alben in rosafarbenen Einbänden. Gut, den Tick, beim morgendlichen Geschäftverrichten die kleinen Kacheln im Bad zu zählen, verbunden mit dem Beschluss, sich, wenn es eines Tages plötzlich eine weniger sein sollte, das Leben zu nehmen, das würde von sich aus niemand merken. Aber wenn es tatsächlich mal dazu kommen würde, und er müsste sich aufgrund seiner inneren Abmachung verabschieden, dann wollte er dabei allein sein und nicht vielleicht davon abgehalten werden. Nein, eine Mitbewohnerin war einfach keine gute Idee.

Obwohl seine Gemütsregungen bestenfalls an den mahlenden Backenknochen erkennbar waren, schien Moby seine Gedanken doch zu ahnen.

»Das mit der Verletzung ist nicht so schlimm, wir verletzen uns öfters mal da unten im Wasser«, sagte sie mit beruhigendem Lächeln.

Gott sei Dank! Dick seufzte erleichtert.

»Wie viele gibt es denn von euch?«, fragte er, während er überlegte, wann er das letzte Mal einen so unglaublich langen Satz gesprochen hatte.

»Vielleicht um die tausend…«

»Ui!«

»Weltweit!«

»Jo!«

Für Dick war das ein ausreichendes Maß an Information. Natürlich hätte man diese einmalige Gelegenheit nutzen und jetzt noch fragen können, wie es sich überhaupt so lebt als Seejungfrau. Wie das mit der Fortpflanzung war, ob Wale zu ihren Freunden oder Feinden gehörten oder ob sie sich sogar mal in einen verliebt hatte. Oder ob sie doch eher auf Delfine stand, die ja auch allgemein einen besseren Ruf genossen als Wale. Wie es sich mit der Ernährung (und der Verdauung) verhielt, ob es angesichts ihrer beeindruckenden Mähne einen Nixenfriseur gab, ob man sich gewerkschaftlich organisiert hatte und wie sie es schafften, dass man sie eigentlich fast nie sah. Aber erstens reichte es Dick, ihre ungefähre Anzahl zu wissen (die er sich ja zudem auch noch merken wollte), zweitens war er nicht besonders darin trainiert, Dingen ausführlicher auf den Grund zu gehen, und drittens hätten weitere Fragen auch weitere Antworten mit sich gebracht. Womit man sich gefährlich nah in den Bereich eines ausgedehnten Gesprächs bewegt hätte.

Moby, die mit hundertfünfundsiebzig auch für eine Nixe einen beachtlich hohen IQ besaß und zudem schon immer ein gutes Gespür für Situationen hatte, merkte, dass es Zeit war weiterzuschwimmen. Aber so sang- und klanglos zu verschwinden, empfand sie als unhöflich, schließlich hatte der kräftige Mann sie aus einer wirklich misslichen Lage befreit! Freundlich sagte sie: »Bevor ich mich jetzt wieder auf den Weg mache, würde mich noch eins interessieren. Wie oft am Tag muss ein Schleusenwärter wie du denn die Schleuse öffnen oder schließen?«

Dicks Gesicht erhellte sich, als würde direkt vor ihm gerade die Sonne aufgehen. Wann hatte ihn das letzte Mal jemand nach seiner beruflichen Tätigkeit gefragt, ja, hatte sich überhaupt schon mal je einer dafür interessiert?

»Zweimal!«, antwortete er stolz.

»Puh«, seufzte Moby anerkennend nickend, »da muss man aber immer ganz schön wachsam sein! Und einen Fehler kann man sich auch nicht erlauben bei so einem hohen Maß an Verantwortung!«

Damit rollte sie in Richtung Wasser, ließ sich elegant hineingleiten, lächelte Dick ein letztes Mal an und verschwand dann mit einem kräftigen Flossenschlag in den dunklen Tiefen des Kanals! Strahlend blickte Dick ihr hinterher.

»Da hat sie recht!«, dachte er. »Endlich kapiert mal jemand, was ich hier Tag für Tag leisten muss!«

Ein paar Wochen später klemmte das Schleusentor erneut, und wieder befreite Dick etwas mit beherztem Griff. Diesmal war es tatsächlich ein Wels, der ihn mit großen aufgerissenen Augen anstarrte.

»Und?«, fragte er den großen Fisch. Nach einigen Sekunden Stille war klar, dass dies hier keine weitere glückliche und bewusstseinserweiternde Begegnung war und dass der Wels auch nicht ansatzweise gewillt war, Dick für die Ausübung seines Berufes zu loben. Also packte er seinen Fang am Schwanz, klatschte ihn mit Schmackes ein paarmal an den Holzpfeiler, an dem man sonst die Boote anleinen konnte, und freundete sich mit dem Gedanken an, am Wochenende mal ausnahmsweise was anderes zu essen als Fleischwurst!

Und ein kleines Stück Welsflosse neben all den Wurstzipfeln würde das Album Betrachtern ja vielleicht sogar noch abwechslungsreicher erscheinen lassen …

Feuchtgebiete

Sosehr man Charlotte Roche den gigantischen Erfolg ihres Romans auch gönnen möchte und sosehr viele Menschen die extremen Obszönitäten ihrer detaillierten Schilderungen in Sachen Körperöffnungen oder Sexualleben auch beeindruckt haben, so muss man sich, oder besser noch sie selbst, dennoch kritisch fragen, welche Zusammenhänge es zwischen ihrem Buch und dem in der Odenwälder Höhle gefundenen Text gibt!

Es war mehr als warm im Raum! Sie lag jetzt direkt vor mir. Ihr desinteressierter, ja gelangweilter Gesichtsausdruck konnte mich natürlich nicht täuschen, gehörte er doch lediglich zu dieser absichtlich schlecht gespielten Rolle!

»Oh, gelangweilt?«, spielte ich mit. »Na so was! Das will ich natürlich nicht!« Scheinheilig grinste ich sie an.

»Zum Glück weiß ich, was man dagegen machen kann!«

Ich verspürte eine erste gewisse aufkeimende Vorfreude auf das, was jetzt passieren würde. Fest schlug ich ihr auf ihre glatte Haut, sodass es laut klatschte.

»Na, mein Schätzchen, dann wollen wir mal … wie sagt man so schön … zur Sache kommen!«

Ohne Vorwarnung griff ich ihr zwischen die Beine.

»Damit ich mich in Sachen ›Öffnung‹ nicht vertue …«, flüsterte ich ihr zischelnd ins Ohr. Ich nahm die Dose mit dem streng riechenden Fett und hielt sie direkt unter ihre Nase.

»Und… wie isses damit, hm?«

Dabei fuhr ich mit zwei Fingern satt durch die Dose, um ihr im nächsten Moment das Fett langsam und genüsslich auf ihren kleinen festen Arsch zu reiben. Für einen Moment glaubte ich, eine Art kurzes Lächeln auf ihrem Gesicht zu sehen. Oder war es nur das Licht der rund um uns aufgestellten Kerzen, das in ihren Augen flackerte?

»Ich kann dir gar nicht sagen, wie geil du mich machst!«, flüsterte ich ihr diesmal ins andere Ohr, um ganz kurz, aber heftig daran zu lutschen.

»Den ganzen Tag schon denke ich nur an diesen Moment! So sehr herbeigesehnt habe ich das mit uns beiden!«

Ich nahm die Flasche mit dem Öl, füllte das Innere meiner Hand und fuhr ihr langsam und genüsslich erst über ihren kleinen festen Bauch, um dann auch den Bereich zwischen ihren Schenkeln einzuölen.

»Glaub mir«, hechelte ich »das lässt sich noch steigern!«

Ich zauberte eine ovale Kartoffel hervor, die ich ihr ebenfalls erst einmal zeigte. Natürlich ahnte sie, was jetzt kommen musste. Ohne große Vorwarnung schob ich ihr die Kartoffel in den Schlitz. Und bevor sie sich überlegen konnte, ob sie reagieren wollte oder nicht, holte ich meine erst am Nachmittag auf dem Flohmarkt erstandene, megastolze Neuerwerbung raus: eine Geburtszange! Wie man sie nur in Krankenhäusern finden konnte und die eine offensichtlich finanziell ziemlich klamme Hebamme genau dort geklaut hatte, um so ihr schwaches Gehalt etwas aufzubessern.

Ohne darüber nachzudenken, ob mich ihr unbeteiligter Gesichtsausdruck weiter provozieren sollte oder doch ein bisschen dem Angstüberspielen dienen sollte, rammte ich sie ihr zwischen die Beine, führte sie mit einem Ruck ein, um sie dank der Hebelwirkung dieses wundervollen Instruments ordentlich auszuweiten. Ich merkte, wie ich anfing zu schwitzen, aber das war in dieser Situation nun wirklich weder von Bedeutung noch hinderlich! Erneut griff ich nach einer ganzen Reihe weiterer Dinge, die ich vorsorglich schon vorhin in Reichweite positioniert hatte. Um sie allesamt in genau der Reihenfolge in sie einzuführen, die ich mir schon vor Tagen ausgedacht hatte!

Mit einem finalen Griff kontrollierte ich den Erfolg meiner Aktion und lachte zufrieden. Ihre Unbeeindrucktheit beeindruckte mich jetzt nicht mehr, denn ich wusste, dass ich sie in allen Belangen beherrscht hatte. Meine Erregung wich jetzt schnell einer Mischung aus Zufriedenheit und Triumphgefühl.

Genau in diesem Moment klingelte das Telefon. Ich nahm ab.

»Hallo? Ah … hallo, Mutti! Wie's mir geht? Gut, danke! Und ob ich was …? Ob ich mit ihr fertig bin? Ja klar! Ist ja nicht meine erste Weihnachtsgans! Hab es genau so gemacht, wie du es mir beigebracht hast. Kartoffeln, Auberginen, Schmalz, Brokkoli, Zwiebeln … alles drin! Ja, mit Fett eingerieben hab ich sie auch. Bitte? Ja, genau, jetzt näh ich sie noch zu, und dann kommt sie in den Ofen! Ja, natürlich hab ich den vorgeheizt! Alles prima, Mutti! Ja, ich freu mich auch auf euch! Geht doch nichts über Heiligabend im Schoße der Familie! Bis heute Abend! Tschüss, Mutti! Ich hab dich auch lieb!«

Clockwork Orange

Lange galt im gelobten Meisterwerk von Anthony Burgess die brutale Gang um ihren Anführer Alex als der Inbegriff nicht zu überbietender Härte und Brutalität. Natürlich ein Trugschluss …

»Hose runter!«

Wie aus dem Nichts waren sie plötzlich aufgetaucht! Hatten das kleine Weinlokal in der Gasse nahe des Marktplatzes gestürmt, wie es vermutlich Soldaten machten, wenn sie sich die feindliche Zivilbevölkerung des von ihnen eingenommenen Landes vorknöpften. Innerhalb von Sekunden war die ruhige Gemütlichkeit einem Tornado gewichen. Die Gäste, überwiegend Paare mittleren Alters, die hier bei einem Glas Covila Crianza oder Sauvignon Blanc sowie gemischten Tapas an kleinen runden Tischen saßen, auf denen man die weinroten Tischdecken aus Andalusien mit kleinen antiken, dreiarmigen Kerzenständern kombiniert hatte, und die eben noch die leise »Café del Mar«-Musik sowie das gelegentliche Blubbern der Espressomaschine genossen hatten, saßen jetzt mit aufgerissenen Augen erstarrt auf ihren Stühlen. Denn jetzt stand da mitten unter ihnen rund ein Dutzend dieser fürchterlichen Gestalten in diesen eigenartigen, uniformen Klamotten, den absurden Angela-Merkel-Masken auf ihren Gesichtern und metallenen Baseballschlägern in den Händen, die beim Hin- und Herschwingen hässliche Zischgeräusche erzeugten.

»Ich hab gesagt … Hose runter! Oder sollen wir noch deutlicher werden?«

Der Mann, den sich die Bande als Erstes ausgesucht hatte, war zumindest im Nebenjob, wenn nicht sogar hauptberuflich, Opfer! Mitte vierzig, hellblaues Hemd, das in einer hellbraunen Stoffhose steckte, die er wiederum etliche Zentimeter zu hoch über dem Bauch trug, sodass sie seine unsportliche Figur nicht nur betonte, sondern sie genau genommen der Lächerlichkeit preisgab. Dazu Hornbrille von Tom Ford auf der Nase und Angstschweiß auf der hohen Stirn.

»Ich kann doch nicht hier vor all den Leuten …«

»Na klar kannst du! Hose runter, Hose runter!«

Schon stimmten alle Gangmitglieder lautstark mit ein. Einer der Bande, anscheinend ihr Anführer, näherte sich ihm bedrohlich. Und erst jetzt realisierte er, dass das kein Anführer war. Es war eine Anführerin! Das alles waren Frauen, die sich aber dermaßen martialisch aufführten, dass man sie im ersten Moment unweigerlich dem anderen Geschlecht zugeordnet hatte. Bevor sich Stoffhose jedenfalls versah, hatte ihm eine der Bande schon mit einer großen Schere den Gürtel zerschnitten, und Hose und Boxershorts runtergezogen. War das alles schon in ungeheurer Geschwindigkeit passiert, schien sich die Truppe jetzt noch steigern zu können. Denn keine Minute später trugen auch alle weiteren männlichen Besucher ihre Hosen und Unterhosen auf Knöchelhöhe! Bevor sie überhaupt realisieren konnten, was hier mit ihnen geschah, hatte man sie auch schon in der Mitte des Raumes zusammengeschoben, um dort dann, mit einem der Bandenmitglieder in ihrer Mitte, ein doch recht eigenwilliges Gruppenfoto zu machen. Und als wäre das Motiv nicht schon erniedrigend genug, reichte man allen Beteiligten dazu auch noch lustige Groucho-Marx-Brillen, verbunden mit dem Befehl, diese auf ihren Geschlechtsteilen zu positionieren!

»Und jetzt alle ›Spaghetti‹!« – und schon war das abstruse Bild im digitalen Kasten.

Hatten die sie begleitenden Damen noch kurz gehofft, dass dieser Überfall vielleicht ausschließlich ihren männlichen Begleitern galt, stellte sich das schnell als Irrtum heraus! In Windeseile wurden Haarsträhnen, Blusenärmel, Halsketten, Ohrringe oder die Etiketten ihrer Unterwäsche Opfer flinker Scheren, und schon landete alles unter lautem Triumphgeheul in einer eigens dafür mitgebrachten REWE-Tüte. In der nächsten Sekunde sprang die Anführerin auf einen der Tische, schrie laut: »Rakete in Startposition!«, worauf sich jede ihrer Mitstreiterinnen wahllos ein Glas von einem der Tische schnappte, um es hoch in die Luft zu halten, es auf »Rakete auftanken!« in einem Zug auszutrinken, bei »Rakete starten!« in beeindruckender Lautstärke aufzustoßen und es bei »Rakete kaputt!« mit voller Wucht an die Wand zu werfen! Ein paar auf dem Boden zertretene Stinkbomben, kollektives Siegesgeheul, untermalt von rhythmischem Klatschen, schon war die Gruppe wieder verschwunden und der Spuk vorüber.

Nur langsam löste sich die kollektive Schockstarre. Rasch zog jeder wieder seine Hose hoch, sortierte die Frisur, soweit es ging, oder trank erst mal einen tiefen Schluck auf das eben Geschehene.

»Es ist komisch… man hört immer wieder davon. Aber irgendwie glaubt man, dass es einen selbst nie erwischt!«, stammelte eine junge Frau, kreidebleich, mit tränenerstickter Stimme und unablässig den Kopf schüttelnd. Die ältere Frau vom Nachbartisch streichelte ihr beruhigend die Schulter.

»Ich muss sagen, dass sich da ganz schön was verändert hat. Wenn wir früher Junggesellinnenabschied gefeiert haben, sind wir auch losgezogen. Aber dann gab es irgendwo ein paar Pikkolos, und das war's!«

Bald darauf hatten alle das Lokal verlassen. Alle bis auf Stoffhose, der unmittelbar nach dem Abgang der Bande ohnmächtig geworden war und nun regungslos quer und immer noch mit runtergelassener Hose bzw. Unterhose über einem der Tische lag (eine Szene, die eigenartigerweise nur wenige Stunden später, untermalt von Elvis Presleys »Lonesome Cowboy«, bei YouTube eingestellt war und innerhalb nur einer Woche 6,25 Millionen Klicks hatte!).

Lolita

Dass der 1955 erschienene Roman von Vladimir Nabokov um die ziemlich komplizierte Liebesbeziehung zwischen einem älteren Literaturwissenschaftler und seiner viel zu jungen Stieftochter ein Welterfolg war, ist nicht von der Hand zu weisen. Allerdings auch nicht, dass beide Protagonisten ursprünglich ganz anders angelegt worden waren …

Zum Glück Rauchwolken! Die signalisierten, dass sie ihn zu Hause beim Stamm dringend brauchten. Ein letztes Mal schaute er ungläubig kopfschüttelnd auf das Messer in seinen faltigen Händen. Für einen Moment überlegte Fool Dog, der mit eigentlichem Indianernamen Ree-Hunkpapa hieß und dem seine Stammesbrüder gerade wegen seiner hohen Intelligenz scherzhafterweise diesen Zweitnamen verpasst hatten, ob ihm so etwas überhaupt schon mal passiert war. Es fiel ihm nicht ein. Fool Dog kniff die Augen zusammen und dachte angestrengt nach. Er skalpierte jetzt seit 1806, das waren im nächsten Frühling exakt siebzig Jahre, und er hatte es handwerklich immer, aber wirklich immer blitzsauber hinbekommen. Zack, ein Schnitt wie ein Strich, und ab war die Haube. Was er natürlich seinem Lehrmeister, Halbbruder und Vorbild Sitting Bull verdankte, der ihm schon früh die richtige Technik unter Zuhilfenahme von optimalem Werkzeug beigebracht hatte! So wie der es zuvor wiederum von seinem

Lehrmeister, nämlich seinem Vater, gelernt hatte. Der übrigens auch Sitting Bull geheißen hatte, was entweder mit Eitel- oder ziemlich großer Einfallslosigkeit zu tun gehabt haben musste, möglicherweise sogar mit beidem. Wie auch immer, Skalpieren hatte in ihrer Sippe von jeher zu den leichtesten Übungen gehört. Zumindest bis jetzt.

»Vielleicht liegt es am Messer«, murmelte er, wohl wissend, dass dem ganz sicher nicht so war. Denn erst heute Morgen hatte Little Dwarf, Sohn von Red Otter und so was wie der Azubi des Stammes, wie immer zu Wochenbeginn alle Messer des Stammes geschliffen und extra scharf gemacht. Nein, dass er den Skalp des blonden Trappers (der aus dem Hinterhalt auf ihn geschossen und den er schließlich erst dank eines bemerkenswerten Wurfes mit dem Notfallbeil aus der Geheimtasche seiner Hose direkt in dessen Stirnmitte getötet hatte) auch beim zigsten Versuch nicht ordentlich abbekam, lag nicht am Werkzeug! Es lag an seinen zittrigen Fingern, die mit jedem weiteren Versuch an Kraft zu verlieren schienen. Ganz abgesehen davon, dass er seit dem Beilwurf auch noch ein unangenehmes Ziehen im unteren Rückenbereich verspürte.

»Kaum zu glauben, aber anscheinend bin ich zu alt und zu schwach, um diesem widerlichen Sack sein hässliches Haupthaar abzusäbeln!«

Das er normalerweise dann zu Hause zu den hundert anderen Trophäen gehängt hätte. Das erste Mal betrachtete er jetzt auch ausführlich die kleinen braunen Punkte auf seinen Händen. Üblicherweise haben Indianerhäuptlinge zwischen Büffeljagen, Kämpfen, Skalpieren, Stammanführen und was sonst noch so ansteht, wenig bis gar keine Zeit, sich über so was wie Altersflecken Gedanken zu machen. Aber jetzt schien irgendwie der Zeitpunkt für so was gekommen zu sein. Und wo er schon dabei war, fiel ihm plötzlich auch noch ein, dass er eigentlich schon ziemlich lange beim Wasserlassen dieses Brennen verspürte und dass statt seinem einst stolzen Dreimeterstrahl mittlerweile nur noch ein paar versprenkelte Tropfen kamen, für die er aber länger brauchte als andere, um einen kompletten Bären abzuziehen. Und wann, fragte er sich, war er das letzte Mal ohne jede fremde Hilfe und ohne zu stöhnen auf ein Pferd gestiegen?

»Da nutzt mir der Häuptling auch nix...«, murmelte Fool Dog.

Den die meisten im Stamm übrigens ausgesprochen schätzten. Und das nicht nur, weil er einen berühmten Halbbruder hatte, sondern auch, weil er zwar ein mitunter strenger, aber niemals ungerechter Chef war und auf ihre Fragen ziemlich oft ziemlich schlaue Antworten hatte, die zwar nicht jeder auf Anhieb verstand, die aber nachhaltig für Eindruck sorgten!

Er atmete schwer, während er den Trapper an den Rand zur Schlucht rollte, um ihn mit einem Tritt... samt Haarpracht... in die Tiefe zu befördern.

Erleichtert wanderte sein Blick erneut in Richtung der weißen Rauchwolken, deren Botschaft ihn davor bewahrte, sich noch länger dieser doch ziemlich unangenehmen Thematik widmen zu müssen. Er kletterte auf einen Baumstumpf und von da aus auf sein Pferd.

Eine gute Stunde später erreichte er den Stamm der Sans-Arc-Lakota-Indianer, die hier im Wakpa otonwe, dem Village on the River lebten und ihn schon ungeduldig erwarteten. Aufgeregt plapperten alle durcheinander, was ihn aufgrund seiner (und schon war er beim nächsten Problem) leicht zunehmenden Hörschwäche schnell nervös machte. Erst sein energisches Heben der Hand (auch das war ihm schon mal leichter gefallen) ließ seine Stammesgenossen verstummen. Der Häuptling deutete auf Red Otter, damit dieser erkläre, was der Grund ihrer Aufgeregtheit sei. Und der berichtete, dass ein paar junge Männer ihres Stammes zufällig Zeuge geworden waren, wie gerade eine Gruppe von Ceknake-Okisela-Indianern eine Postkutsche mit Weißen überfallen hatte, um diese auszurauben und zu massakrieren. Natürlich habe man die Gruppe seinerseits angegriffen, um sie von ihrem Vorhaben abzuhalten. Und selbstverständlich habe man den Kampf mit den ungeliebten Nachbarn, die man ja schon seit Jahren dafür verachtete, dass sie sich von der Kavallerie mit ein paar billigen Geschenken hatten ködern lassen, statt sich weiter gegen deren anmaßende Vereinnahmung zu wehren, locker für sich entscheiden können. Und logischerweise habe man dann die meisten weißen Passagiere inklusive des Kutschers selber massakriert. Genau genommen alle … bis auf diese Frau! Fool Dog wunderte sich, warum seine Krieger nicht allein der Einfachheit halber gleich allen Insassen den Garaus gemacht und stattdessen ausgerechnet eine Person geschont hatten. Aber erstens war er nicht dabei gewesen, und zweitens konnte er schließlich nicht immer alles gleich verstehen.

Als er aber kurz darauf das Zelt betrat, in das man die Gefangene gebracht hatte, begriff er schnell! Auf dem Boden und an einen Pfahl gefesselt, saß eine Frau kräftiger Statur, mit extrem weißer Haut, großen braunen Augen und einer Haarpracht, wie sie Fool Dog noch nie in seinem Leben zuvor gesehen hatte. Natürlich hatten viele der indianischen Frauen wundervolle lange schwarze Haare, so wie übrigens auch viele indianische Männer. Aber diese hier waren rot. Rot wie … er suchte nach einem passenden Vergleich. Feuer oder Blut trafen es nicht, beides war heller. Kirschen auch nicht, die waren dunkler. Es war irgendwas dazwischen, so wie er es tatsächlich bislang nicht kannte. Weshalb er es »neues Rot« nannte. Ja, und diese lockige Mähne in ebenjenem prachtvollen Ton war auch der Grund, warum man sie nicht, wie die anderen Mitreisenden, einfach umgebracht hatte. Man hatte sie ihm, dem Häuptling, aufgehoben, um ihm so zu ermöglichen, seine ohnehin schon beachtliche Skalpsammlung mit diesem imposanten Exemplar zu bereichern. Diese Frau beziehungsweise ihre Haare waren quasi ein Geschenk seiner Gefolgschaft an ihn!

Gerührt rieb sich Fool Dog die Nase. Er deutete der kleinen Gruppe, die ihn ins Zelt begleitet hatte, an, dass er gerne mit der Gefangenen alleine sein wollte. Kaum waren sie seiner Bitte nachgekommen, näherte er sich der Gefangenen. Bislang hatte sie ihn mit ihren großen Augen nur stumm angestarrt, und so auch jetzt, da er mit bedächtigen Schritten auf sie zukam. Vorsichtig näherte sich nun seine Hand ihrem Gesicht, um sie behutsam von dem Knebel zu befreien, den man ihr in den Mund gestopft hatte. Kaum war sie das Ding los, hustete sie heftig und spuckte dabei immer wieder kleine Stofffetzen aus. Ungeachtet ihrer Hauptfunktion als Skalplieferantin konnte er nicht abstreiten, dass ihm ihre gesamte Erscheinung durchaus gefiel. Die braunen Augen, die neuroten Haare und ihre ausgesprochen weibliche Figur in diesem für Indianerverhältnisse doch ungewöhnlichen Kleid. Das übrigens farblich fast völlig mit ihrer hellweißen Haut übereinstimmte, sodass er erst bei wiederholtem Hinschauen bemerkte, dass es ärmellos war. Vor allem aber war er gespannt, welchen Klang ihre Stimme wohl haben würde, denn schon immer hatte er eine ausgeprägte Vorliebe für besonders schöne Frauenstimmen.

»Sach ma, habt ihr hier alle de Vollduppe? Was soll dann der Scheißdreck? Erst überfallt uns diese eine Gruppe von Arschlöchern, dann kimmt die andere Gruppe von Arschlöchern dezu, und mer denke schon, dass die uns rette. Dann bringe die von de zweiten Arschlöchergruppe die von de ersten Arschlöchergruppe um, und kaum sind se damit fertisch, mache se sich über uns her und schneide einem nach em annern die Gorschel dorsch! Außer mir! Und dadefür hätt ich jetzt gern ema e Erklärung, wenn's em Methusalem nix ausmacht!«

Wutentbrannt starrte sie Fool Dog ins Gesicht, der vor ihr kniete und sie verzückt betrachtete. Was immer sie da auch in dieser fremden Sprache erzählt hatte, es gefiel ihm. Allein schon vom Klangvolumen her! Zwar erwies sich ihre Stimme tatsächlich als etwas höher und eindringlicher als erwartet, andererseits war sie so gerade für ihn mit seinen zunehmenden Hörproblemen gut wahrzunehmen. Und da ihm auch ihr munteres Temperament auf Anhieb zusagte, nickte er ihr lächelnd und wohlgesonnen zu.

»Sach ma, du halb toter Tattergreis, habbe se dir komplett in deinen faltische Eierkopp geschisse, oder liegt des an dem Zeusch, das ihr da in eure Pfeifcher raucht? Isch bin stinksauer! Erst des üble Massaker, dann verschleppe mich deine Hannebambel hier in dieses ungelüftete Stinkezelt, und jetzt muss ich schon seit Stunden tierisch pinkeln und darf net. Und du grinst mich an wie'n geisteskrankes Honischkuchenpferd! Bist du eigentlich noch ganz sauber, du Gesichtspfosten?«

Erneut nickte Fool Dog freundlich.

»Isch wollt die ganze beschissene Reise von vorneherein gar net mache. Ich leb in der Freien Reichsstadt Frankfurt am Main, des wirst du Raufasertapete mit deinem Hohlraumschädel net kenne! Des liescht in Europa, wo se euch für so Sache schon längst öffentlich erschosse hätt. Egal… jedenfalls hat meine Tante mich mehr oder wenischer überredet, mit hierherzukomme. Allein schon die Scheißschifffahrt von da drübbe bis hierher. Ich glaub, ich hab in den paar Woche mehr gereiert als annern in einem komplette Lebe! Und dann diese miese Dreckskabine. Da hörst du dorsch die dünne Wänd alles, ob du willst oder net. Neber mir war en Pärche, entweder habbe se gevöschelt wie die Karnickel… oh, Rosina, ich komme, ich komme… ja, Alfred, ja, Alfred, du Tier… oder einer von dene hat Blähunge gehabt. Oder beides zusamme. Und dann komm ich endlich nach Woche hier an, und mer fahrn es erste Mal mit der Kutsche, um die Geschend anzugucke, und dann kimmt ihr! Und wenn du mich noch länger so angrinst, tret ich dir bei erster Geleschenheit dermaßen in deine Rumpelfresse, dass du net mehr weißt, ob du neunzisch oder hunnertzwanzisch bist, du seniler Jutesack!«

»Sie berührt mein Herz«, dachte Fool Dog und wusste in diesem Moment, dass das mit dem Skalpieren erst mal nicht in Frage kam. Stattdessen fragte er sich, wann er sie das erste Mal in seinem Wigwam in die Kunst der indianischen Liebeskunst einweisen würde... vorausgesetzt, dass ihn dann sein dazu notwendiges Körperteil nicht jämmerlich im Stich lassen würde. Zumal er außer dem Brennen in den letzten Jahren keine nennenswerten Signale von dort unten empfangen hatte. Ja, mit Pech könnte das ein Problem darstellen. Was bedauerlich wäre, denn dass sie ihn wollte, stand außer Frage. Nun, ein kurzes Gebet in Richtung Manitu kurz vorm Schlafengehen würde diesbezüglich bestimmt nicht schaden. Und ansonsten würde er auch mal den Medizinmann um Rat fragen, vielleicht hatte er ja was in einem seiner vielen kleinen Zaubersäckchen mit den selbst gebrauten Wundermitteln.

Nachdem er ihr noch ein, zwei Stunden zugeschaut hatte, wie sie da ausdrucksvoll vor ihm saß und sich ihm auf rührende Art zu vermitteln versuchte, stand er auf. Das heißt, was man so alles unter aufstehen verstehen kann. Ihr Wesen hatte ihn dermaßen fasziniert, dass er tatsächlich vergessen hatte, dass ihm zu langes Knien Probleme bereiten würde. Nicht nur, dass seine Beine bis zum Hintern in wohligen Tiefschlaf gefallen waren und sich offensichtlich auf keinen Fall wecken lassen wollten. Auch seine Arme waren aufgrund seiner starren Haltung komplett taub, sodass es eigentlich kein Körperteil gab, das ihn beim Aufstehprozess auch nur ansatzweise hätte unterstützen können. Letztendlich schaffte er es aber durch eine Art Rütteln, seinen Knochen nach gut einer Viertelstunde wieder zumindest so viel Leben einzuhauchen, dass er das Zelt wenigstens krabbelnd verlassen konnte. Seine Angebetete war mittlerweise erschöpft eingenickt, sodass ihr der

Anblick dieses doch leicht peinlichen Abgangs erspart blieb. Und ihm, dass sie das sah.

Draußen befahl er ein paar Frauen des Stammes, sich gut um die Gefangene zu kümmern, sie zu waschen, ihr erst mal neue Kleidung und etwas zu essen zu geben. Außerdem müsse man sie nicht länger fesseln, sondern dürfe ihr gerne einen eigenen Wigwam zuweisen. Sie fühle sich offensichtlich wohl, und ein gewisses Vertrauen zu ihm sei durchaus zu spüren! Dann zog er sich in seine eigenen drei Wände zurück, denn der Tag war lang, und die Auseinandersetzung mit dem Trapper plus der Begegnung mit ihr waren mehr als genug für heute …

Es war früh am Morgen, als ihn ausnahmsweise mal nicht seine Blase, sondern ein Schrei aus dem Schlaf riss. Zweifelsohne ihr Schrei, denn ihre Stimme hatte sich ihm in den Stunden ihres geselligen Beisammenseins durchaus eingeprägt. Bestimmt rief sie nach ihm, weil sie ihn suchte. Weil sie nach gestern und einer Nacht darüber schlafen beschlossen hatte, für immer an seiner Seite sein zu wollen! Gut, er war vielleicht nicht mehr der Jüngste, aber auf Häuptlinge standen die jungen Dinger, das war ja kein Geheimnis. Hatte er in den letzten Tagen überwiegend mit irgendwelchen Schmerzen in seinem Körper zu tun gehabt, spürte er jetzt erstmals und nach langer, langer Zeit ein ausgesprochen wohliges Gefühl in seinem Bauch. Und, wenn auch noch dezent, sogar in der Region darunter. Ja, auf Manitu war dann doch Verlass!

Schnell war die warme Bärenfellhose übergezogen und der Weg nach draußen angetreten. Wo war sie? Ihr erneutes Schreien lotste ihn vorbei an den Tipis, und kurz darauf, am Rande des Dorfes, hatte er sie gefunden. Allerdings nicht nur er, sondern auch ein Großteil der anderen Stammesangehörigen, die das Geschrei der neuroten Frau am frühen Morgen ebenfalls aus ihren Behausungen gelockt hatte. Und ihm zunächst die Sicht versperrten. Energisch bahnte sich Fool Dog einen Weg durch die Menge. Dann sah er sie. Sofort umfasste eine warme Hand sein Herz, ihr Anblick ließ ihn erneut tief seufzen. Auch sie entdeckte ihn sofort.

»Sach ma, seid ihr Primate hier alle net ganz sauber, oder was? Was will dann der Halbaff von mir? Ich hab mer fast in die Hos geschisse vor Schreck!«

Auch wenn er vor erneuter Verzückung am liebsten in die Knie gegangen wäre, versuchte er, seine Emotionen für einen Augenblick außen vor zu lassen, um die Sachlage richtig einzuschätzen. Zumal sie immer wieder aufgeregt auf jemanden deutete, der nur ein paar Meter vor ihr stand und sie mit verschlingendem Blick fixierte, als ob es niemanden sonst um sie herum geben würde. Dem ungehemmt der Speichel aus beiden Mundwinkeln lief wie einem Wolf beim Anblick eines in die Enge getriebenen, gehbehinderten Hasen. Feather Head!

Dass den alle so nannten, war dem Umstand zu verdanken, dass man sein oftmals merkwürdiges Verhalten einfach damit erklärte, dass Manitu seinen Kopf statt mit Gehirn mit Vogelfedern gefüllt hatte. Und zwar ausschließlich! Was es wiederum allen hier leichter machte, die vielen merkwürdigen Geschichten um seine Person zu begreifen. Wie er zum Beispiel eine Kuh getötet hatte, indem er sich eine üble Fratzenmaske gebastelt hatte, mit der er urplötzlich vor das schreckhafte Tier gesprungen war, worauf dies auf der Stelle tot umgefallen war. Oder wie er ohne Not diesen prachtvollen jahrhundertealten

Baum in Brand gesetzt hatte und dann aus Angst vor dem unten gelegten Feuer sicherheitshalber auf dessen Krone geklettert war! Auch die Sache, als er vor ein paar Jahren bei ihrem alljährlich »Powwow«, ihrem großen Stammessommerfest, über Stunden splitterfasernackt und völlig entrückt diese kleine, zwischen seinen Beinen eingeklemmte Trommel geschlagen hatte, obwohl er beide Hände in die Luft gestreckt hielt, führte man einfach und ohne größere Aufregung auf den Inhalt seines Schädels zurück.

Jedenfalls waren sich, so viel schien festzustehen, Feather Head und die rote Frau hier am Rande des Dorfes in aller Frühe begegnet, wenn auch nicht klar war, warum. Aber wie sollten Fool Dog oder die anderen auch nur ahnen, dass sie eigentlich im Begriff gewesen war zu flüchten, während ihr Dorftrottel aufgrund aufgestauter Hormone eine in der Nähe grasende Schafherde aufgesucht hatte und nun im Begriff gewesen war, still und heimlich nach Hause zu kommen. Also standen sich beide auf einmal im Morgennebel gegenüber, wenn auch mit stark unterschiedlichen Empfindungen. Denn während er bei ihrem Anblick bedauerte, dass sie ihm nicht vor seinem Ausflug zu den Schafen begegnet war, ergriff sie bei seinem Anblick blanke Panik. Was nachvollziehbar war. Denn wenn Feather Heads Kopf tatsächlich voller Federn war, dann hätte man damit locker sämtliche Kopfkissen einer achtköpfigen Großfamilie füllen können. Das Ding da auf seinem Hals war nämlich mehr als doppelt so groß wie die Häupter seiner Stammesbrüder, und dank seiner erst ab halber Schädelhöhe wuchernden wilden schwarzen Haare, in denen sich im Laufe der Jahre dank des regen Zuspruchs diverser Insekten ein komplett autonomes Biotop entwickelt hatte, sah er aus wie die entstellte Horrorvision von Alice Cooper. Kein Geisterbahnbetreiber der heutigen Zeit, der ihn nicht sofort für immer eingestellt hätte. Und die plausible Erklärung dafür warum die Schreie seines weiblichen Gegenübers denn auch weniger Schreie des Entzückens gewesen waren.

Auch wenn Fool Dog dieses Hintergrundwissen fehlte, war ihm dennoch klar, dass es jetzt an ihm lag, diese Situation möglichst rasch zu entschärfen. Also stellte er sich unmittelbar vor Feather Head, schaute ihm tief in die Augen und sagte »Agléška on wakan sung›ikte, he?« Was so viel hieß wie: »Sie ist meine Mutter, war im vorherigen Leben ein Putzlappen und hat das Gift, um einen Wolf zu töten, ja?«

Natürlich ergab dieser Satz wenig bis keinen Sinn, geschweige denn dass auch nur irgendwas davon gestimmt hätte. Aber im Lauf der Jahre hatte der Häuptling etwas Hochinteressantes herausgefunden. Nämlich, dass das Formulieren vollkommen willkürlicher, merkwürdiger Sätze eine unglaubliche Wirkung auf seine Gegenüber hatte. Zum einen, weil niemand es für möglich hielt, dass ein so angesehener Mann einen so sinnlosen Käse von sich geben könnte. Zum anderen … wenn es kein Käse war, dann hatte man es ja offensichtlich selbst nicht verstanden, was man natürlich auf keinen Fall zugeben wollte. Wobei das scharf fragende »Ja?« am Ende die Sache noch schlimmer machte.

Wie immer funktionierte es auch diesmal. Feather Head nickte nur kurz, um dann mit stumpfem Blick abzutreten. Wenn auch nicht, ohne ein letztes Mal einen hungrigen Blick in ihre Richtung zu werfen und ein paar letzte Speicheltropfen abzusondern. Und auch die anderen Indianer schlichen jetzt lautlos von dannen, denn auch wenn sie eher fassungslos den verrückten Worten ihres Anführers gelauscht hatten, so war ihnen dennoch eines klar: Mit der Mutter des Häuptlings, die zudem auch noch ein hochgiftiger Exputzlappen war, sollte man es sich auf keinen Fall verscherzen und stattdessen in Zukunft lieber einen respektvollen Bogen um sie machen.

Wenige Minuten später waren Fool Dog und sie endlich ganz alleine miteinander. Natürlich war ihm klar, dass sie begriffen hatte, wem sie zu verdanken hatte, dass Feather Head ohne Wenn und Aber das Feld geräumt hatte. Mit einer Mischung aus Stolz und Verlegenheit blinzelte er sie jetzt an.

»Eins steht ema fest. Von euch dreckische rote Arschgesichter is aaner bekloppter als der annern. Wobei dieser verschwitze Voodoopriester mit seiner sabbernden Doggenfresse ja wohl so was wie de Oberzombie in eurem Gruselkabinett is!«

Sie war und blieb bezaubernd.

Dass sie nach ihrer Begegnung mit Feather Head erst einmal keine Lust auf weitere Fluchtversuche hatte, war nachvollziehbar. Doch abgesehen davon sorgte schon bald jemand anderes dafür, dass ihr dieses Problem ein für alle Mal abgenommen wurde. Denn nur wenige Wochen später überfiel ein gewisser General Custer mit seiner Armee das Dorf der Sans-Arc-Lakotas und machte das, was man »keine Gefangenen machen« nennt. Auch Fool Dog erwischte es, ausgerechnet als er gerade beim Einsteigen in die Bärenfellhose einen Bandscheibenvorfall erlitt. Einer der Soldaten kam ohne Ankündigung in sein Häuptlingszelt geritten und enthauptete den komplett Wehrlosen mit nur einem Degenschlag. Worauf sein Kopf einige Meter durch die Luft segelte, um schließlich genau inmitten der Skalpsammlung zu landen. So gut platziert, als hätte Fool Dog es selbst so angeordnet!

Lediglich die Frau mit den roten Haaren (wieder mal!) und ein gruseliger Typ mit von Insekten umgebenem Wasserkopf wurden als Geiseln genommen. Letztere wiederum machte General Custer nur kurze Zeit darauf zu seiner sechsten Ehefrau, worauf der wiederum schon nach nur wenigen Tagen bei genauerem Betrachten seines herrischen Wesens klar wurde, dass Geiselhaft viele Varianten hat.

Nachdem der blutrünstige Custer aber wiederum nur wenige Zeit später bei der Schlacht am Little Big Horn von Sitting Bull und seinen Kämpfern quasi die Quittung für sein übles Treiben bekommen hatte und sich so der Kreis der Gerechtigkeit auf wunderbare Art und Weise schloss, heiratete sie erneut. Diesmal einen berühmten Revolverhelden namens Wyatt Earp, dem sie ein Jahr später ein Kind gebar. Ein Junge übrigens, der alle Eigenschaften seiner Eltern auf beeindruckende Art in sich trug. Und der den Bekanntheitsgrad seines Vaters noch toppen konnte, da er bereits als junger Mann nicht nur keinem Duell aus dem Wege ging, sondern jedes auch immer für sich entschied. Denn egal, wie schusssicher seine Gegner auch waren, dank seiner schnellen Zunge laberte er jeden von ihnen so gnadenlos in Grund und Boden, bis ihnen das Blut aus den Ohren lief. Und so kam es, dass man diesen Teufelskerl namens »Hessi James« schon bald in großen Teilen des Wilden Westens mehr fürchtete als die Cholera.

Dem Typ mit dem Wasserkopf gelang irgendwann die Flucht aus der Versuchsstation des Armee-Krankenhauses, und nach einer zweiwöchigen Odyssee splitterfasernackt quer durch die Prärie heuerte er südlich der Black Hills bei einem Schäfer als Gehilfe an. Dort blieb er für den Rest seines Lebens… stets glücklich und immer entspannt.

Sherlock Holmes

Wenn man mal überlegt, wie viele unzählige Geschichten es rund um den vermutlich berühmtesten Detektiv aller Zeiten bis heute gibt, von Comics bis hin zu Kinowerken oder TV-Serien, und dass keine, aber auch nicht eine einzige einen wahrheitsgemäßen Hinweis darauf gibt, wo der Mann eigentlich ursprünglich herkam, ist das eigentlich ein Unding. Und dass sein Name nur deshalb verändert wurde, damit er in der westlichen Welt besser ankommt, sei hier nur am Rande erwähnt.

… und jetzt auch noch Trommelwirbel! Als ob die Spannung nicht ohnehin schon ein nahezu unerträgliches Level erreicht hatte! Weniger im Publikum, das zwar fasziniert und gespannt schweigend auf die Mitte der Manege starrte, aber natürlich davon ausging, dass hier nichts Außergewöhnliches oder gar Dramatisches passieren würde. Die hinter den Kulissen aber waren längst eines Besseren belehrt worden, und dementsprechend war dort die kollektive Nervosität kaum noch auszuhalten.

Keine drei Wochen war der Zirkus jetzt unterwegs, gerade mal zehn Vorstellungen hatte man auf seiner Tour entlang der kroatischen Adria in kleinen Städten und Gemeinden gegeben, und man hatte bereits zwei Tote zu beklagen!

Erst hatte es Nadev Bollic erwischt, als er ohne jedes Hilfsmittel diese überdimensionale Kutsche durch das Rund ziehen wollte. Zigmal hatte er das schon gemacht. Seine Paradenummer! Ohne Tricks und nur dank seiner enormen Kraft hatte er damit immer wieder die Zuschauer begeistert. Also hatte er sich auch diesmal wie immer selbstbewusst den Gürtel um die Hüfte geschnallt, hatte wie immer die Bremsklötze unter den Kutschrädern beiseitegekickt, um sich und das Ungetüm, das in etwa zehnmal so groß und mindestens hundertmal so schwer war wie er selbst, in Bewegung zu setzen. Aber stattdessen war dem aus heiterem Himmel die Hinterachse weggebrochen. Sodass es nach hinten gekippt war und der arme Bollic mit nur einem einzigen festen Ruck wie in einem üblen Splatterfilm in der Mitte auseinandergerissen worden war.

Und als wäre das nicht schon schlimm genug gewesen, wurde nur wenige Tage später Lajo Nemec ebenfalls während einer Vorstellung Opfer eines verhängnisvollen Unfalls. Als er nämlich im Dunkeln und vom Publikum unbemerkt unter eine riesige Platte gekrabbelt war, auf die man das Motiv einer Spielkarte (Herzdame) gemalt hatte, um sie auf dem Rücken balancierend quasi durch die Manege schweben zu lassen, und die Helfer die Platte losließen, wurde er von dieser zerquetscht. Noch nie hatte ihm das Gewicht der Monsterkarte etwas ausgemacht, und jetzt auf einmal das.

Als man ihn beziehungsweise das, was von ihm pfannkuchenmäßig übrig geblieben war, schließlich geborgen hatte, musste man entsetzt feststellen, dass irgendjemand eine zweite Platte unter die erste montiert und so das Gewicht verdoppelt hatte. Was denn auch für einen so stabilen, gut durchtrainierten Kerl wie Lajo Nemec zu viel des Guten gewesen war.

Spätestens ab da glaubten nur noch die besonders Gutmütigen unter den Artisten an zwei unglückliche Zufälle. Der überwiegende Teil der Artisten verfolgte nun entsprechend bange, was sich in der Arena tat. Romana Prosinecki, die sich selbst den hübschen Künstlernamen »die kroatische Bombe« verpasst hatte (was nicht alle ihrer Kollegen in Hinblick auf die recht junge Kriegsgeschichte ihres Landes unbedingt dufte fanden), war in diesem Moment in die große, gelb-rote Kanone geklettert, um sich quer durch die Manege auf dieses kleine Trampolin schießen zu lassen. Von wo aus sie mit einem doppelten Salto bis unter die Decke springen würde, natürlich nicht, ohne dabei eine Handvoll Konfetti regnen zu lassen, um dann gekonnt auf dem Heuballen in der Mitte der Arena zu landen. Ausschlaggebend für das Gelingen war hierbei natürlich die richtige Dosierung des Schießpulvers. Nahm man zu wenig, würde das die Artistin in ihrem schnittigen Glitzeroverall gerade mal, wenn überhaupt, vorne aus dem Kanonenrohr schieben und sie direkt davor auf den Boden plumpsen lassen. Nahm man hingegen zu viel… die anderen Mitglieder des Ensembles mochten sich gar nicht ausmalen, was das bedeuten würde. Und so standen sie denn auch alle, die Luft anhaltend und betend, hinter dem roten Vorhang, um einen bangen Blick auf die Manege zu werfen. Der Trommelwirbel wurde jetzt immer schneller und lauter, sein Crescendo trieb den Puls eines jeden Anwesenden unweigerlich in die Höhe. Im engen Lichtkegel um die Kanone tauchte nun eine Hand auf, die ein brennendes Streichholz hielt und sich rasch der Zündschnur näherte. Genau mit dem letzten Trommelton flammte die Schnur auf, färbte sich glutrot, dann gab es einen ohrenbetäubenden Schlag, und schon kam Romana Prosinecki aus dem Maul der Kanone geschossen. So schnell und vehement wie niemals zuvor. Und so raste sie denn auch raketengleich durch die Luft. Vorbei am Publikum, das mit den Köpfen kaum nachkam, ihrem kurzen Flug zu folgen, schoss sie über das avisierte Trampolin hinaus, um einige Meter weiter mit voller Wucht exakt in der Mitte einer großen Holzzielscheibe zu landen, die man schon für den Messerwerfer aufgebaut hatte. Das Publikum applaudierte begeistert, hielt es diesen Treffer doch natürlich für gewollt und den Gag mit der Zielscheibe für besonders originell. Und so kam es, dass man die auf der Stelle tote kroatische Bombe unter teilweise stehenden Ovationen aus der Manege trug, bis der nächste Künstler kam.

Spätestens jetzt wussten auch die Gutmütigen, dass es sich nicht einfach nur um Zufälle handelte.

Denn auch wenn es in einem Flohzirkus immer wieder mal Pannen oder kleine Unfälle gab und manchmal einer der kleinen Artisten ersetzt werden musste, war das hier doch etwas ganz anderes. Das hier war Mord! Und zwar dreifacher!

Bereits am nächsten Tag trafen sich sämtliche Flöhe zur Lagebesprechung. Dass keiner gewillt war, einfach nur tatenlos zu warten, bis es den Nächsten traf, war klar. Genauso wie man nicht gewillt war, überhaupt wieder in die Manege zu steigen, bevor alles geklärt war. Petrov Gullnowic, der in der Szene bestens bekannte »Pyro-Petrov«, dessen größter Trick es war, sich an einen pendelnden Bindfaden zu hängen und daran mehrfach durch eine Kerzenflamme zu sausen, brachte es auf den Punkt:

»Als Nächstes reißt mein Faden genau in dem Moment, in dem ich durch die Flamme segele! Und da brenn ich mir vermutlich nicht nur den Arsch ab. Und wenn es mich nicht trifft dann einen von euch! Deswegen schlage ich vor, dass wir uns Hilfe besorgen!«

Es bedurfte keines zweiten Sprechers, um Gullnowics Vorschlag einstimmig anzunehmen. Rasch fand man heraus, dass es in Split einen anscheinend sehr guten Detektiv gab, der wohl schon einige recht aussichtslose Fälle in der Rotlichtflohszene gelöst hatte. Da man keine Alternativen und zudem wenig Zeit hatte, einigte man sich darauf, diesen so schnell wie möglich zurate zu ziehen!

Ab da ging es recht flott. Man schmuggelte einen der Kollegen, einen weißen Albinofloh (der ursprünglich aus Papua-Neuguinea stammte und letztes Jahr durch Zufall auf einer Früchte fressenden Fledermaus nach Kroatien gekommen war, weil ein Forscherteam der Universität von Zadar diese bislang unbekannte Spezies bei einer Expedition entdeckt und kurzerhand mitgenommen hatte. Lange Geschichte … egal …), in einen Brief, der auf dem Weg nach Split war. Dort auf der Poststelle angekommen, verließ der Floh unbemerkt das Kuvert und erreichte nur kurz darauf das Viertel, in dem ihr Mann wohnen sollte. Und so dauerte es dank der Überredungskunst des weißen Flohs sowie eines Expresspäckchens nur zwei weitere Tage, bis dieser beim Zirkus ankam, wo sie ihn schon sehnsüchtig erwarteten.

Als der Detektiv den Aufenthaltsraum der Artisten betrat, verstummten sofort alle Gespräche. Jeder starrte auf den Typen mit dem durchaus freundlichen, wenn auch unverbindlichen Gesichtsausdruck, von dem doch eigentlich niemand etwas wusste. Außer dass er Sherlak Holmczek hieß, wie gesagt aus Split kam und so was wie ihre letzte Hoffnung war. Aber sonst? Dass er eine harte Zeit hinter sich hatte, als er damals in einem Moment der Unachtsamkeit versehentlich einen Crack-Junkie gebissen hatte und daraufhin selbst abhängig geworden war, bis ihn ein eisenharter Entzug auf dem Land die Rückkehr in ein normales Flohleben ermöglich hatte? Dass er um ein Haar Mitglied einer mafiösen Vereinigung geworden wäre, die schmutzige Geschäfte mit unreinem Pferdeblut trieb, und dass es sein Vater gewesen war, der ihn in letzter Minute noch da rausgeholt hatte? Und dass der dann auch seinen Sohn ermutigt hatte, für die andere Seite zu kämpfen, also für die Guten und damit gegen die Schlechten, und ihn so in die Detektivlaufbahn geschubst hatte?

Nein, davon konnten sie hier nichts wissen. Und letztendlich war es ja auch egal. Der Typ sollte ihnen einfach nur helfen, und deshalb stand er jetzt auch vorne auf einer kleinen Kiste, sodass ihn jeder sehen konnte. Sachlich erklärte er, dass er gewillt war, den Fall so schnell wie möglich zu klären. Dazu müsse er viele Einzelgespräche führen, sei für jede noch so auf den ersten Blick unbedeutend erscheinende Kleinigkeit dankbar, außerdem würde er auch gerne noch mal einen Blick auf die Hinterlassenschaften der drei ermordeten Artisten werfen.

Was allerdings gewöhnlich nicht viel war, denn normalerweise kamen alle Flöhe ohne größeres Hab und Gut zum Zirkus. Eigentlich kamen die meisten mit gar nix. In der Regel war es so, dass sie gerade auf einem Hund, einer Katze, einem Esel oder auch gerne einer Ratte gesessen und sich ordentlich an deren Blutbuffet bedient hatten, als sie plötzlich durch eine Lupe von einem riesigen menschlichen Auge begutachtet und kurz drauf per Pinzette in einen ausbruchssicheren Karton gesteckt worden waren. Dann wurden sie dort irgendwann wieder herausgepickt und in einer Art Glaskasten (oftmals ein ausrangiertes Aquarium) wieder ausgesetzt, in dem sich allerlei Gerät wie Kutschen, Kegel, Tore, Bälle usw. befanden. Als Nächstes legte man ihnen dann eine Schlaufe aus dünnem Kupfer um den Bauch und schwang sie, wie den Köder einer Angel, zu den verschiedenen Utensilien. Spätestens jetzt entschied sich der weitere Lebensverlauf eines jeden Flohs. Die, die versuchten, auf den Bällen zu balancieren oder gar eine Kutsche zu ziehen, gehörten ab sofort zum Kader! Die, die sich vor lauter Schiss nicht rührten, kamen in den Topf mit dem Flohpuder.

Dies und vieles mehr erfuhr der Detektiv. Dass man im Zirkus zwischen Springer- und Läuferflöhen unterschied. Dass man ab und zu auch asiatische Flöhe für besonders schwierige Geschichten einstellte, wie beispielsweise dem Bilden einer aufwendigen Flohpyramide oder die Darbietung der »Zwölf tanzenden Regenschirme«, einer anspruchsvollen Choreografie, bei der zur Musik einer kantonesischen Bauernoper ein Dutzend kleiner goldener Schirme synchron geschwungen, geworfen und auf dem Kopf balanciert werden mussten, während man dabei bunte Hula-Hoop-Reifen um die Flohhüften kreisen ließ. Zudem mussten alle Tänzerinnen und Tänzer parallel zu den Reifenschwüngen die einlinsigen Punktaugen hin- und herbewegen und am Ende eines jeden achten Taktes Seifenblasen durch den kombinierten Stech- und Saugrüssel in die Luft pusten. Beides also Performances, bei denen es auf besonders große Disziplin ankam. Die kroatischen Flöhe, so hieß es, seien indes besonders gut, wenn es um Kraftakte oder Disziplinen wie das »Teufelsspringen« durch eine brennende Lakritzschnecke gehe.

Nach nicht mal einem Tag hatte der Detektiv aus Split mehr über das A und O eines Flohzirkus gelernt, als er das selbst für möglich gehalten hatte.

Nur wer wie warum hinter den Morden steckte, war nach wie vor unklar. Zwar gab es ein paar Verdachtsmomente, etwa dass der einzige serbische Floh im Team, Dragan Stojkovic, sowohl die Kutsche als auch die Monsterkarte sowie die Kanone manipuliert hatte, um sich so dafür zu rächen, dass eine Bande plündernder Kroatenflöhe seine Urgroßmutter entführt hatte. Aber da es keine wirklichen Beweise gab und Stojkovic zudem über ein astreines Alibi verfügte, strich man ihn wieder von der Liste. Auch Hinweise, dass doch vielleicht einer der Reserveflöhe die Morde begangen hatte, um so selbst in den A-Kader und somit auch ins Rampenlicht zu kommen, führten genauso ins Nichts wie der Verdacht, dass Bodenturnspezialist Niko Tamlic das alles aus reinem Frust getan hatte, weil ihn seine Frau während seiner aufwendigen Trainingseinheiten nicht nur mit ihrem eigenen Cousin betrogen, sondern ihm dann auch noch einen Floh mit Down-Syndrom geboren hatte. Und für den er jetzt aufkommen musste, da der Cousin im Nerz einer Zuschauerin geflüchtet war, um sich so aus der Verantwortung zu stehlen.

Nein, Sherlak Holmszek kam nicht voran. Und nicht nur das.

Zu allem Überfluss hatte er während seiner Ermittlungen etwas unglaublich Wichtiges übersehen. Oder genauer gesagt: vergessen. Nämlich die Tatsache, dass Flöhe nie älter als anderthalb Jahre werden. Und da er bereits ein Jahr, fünf Monate und dreißig Tage alt war, kam es, wie es kommen musste. Mitten in einem Gespräch mit einer möglichen Zeugin setzte Sherlak Holmszek ein letztes Mal sein kritisches »Ich glaube Ihnen kein Wort«-Gesicht auf, räusperte sich kurz … um dann einfach tot umzufallen.

Da die Zirkusbelegschaft keine weiteren Mittel hatte, um einen neuen Detektiv anzuheuern, beschloss man, der Sache nicht weiter auf den Grund zu gehen und stattdessen darauf zu hoffen, dass der Mörder es einfach mal gut sein lassen würde.

Was dieser bis auf die Geschichte mit dem manipulierten Bindfaden von »Pyro-Petrov« denn auch tat.

Und anderthalb Jahre später juckte dann sowieso keinen der Beteiligten noch irgendwer oder irgendwas, und die Vorkommnisse gerieten langsam in Vergessenheit.

Aber noch heute spricht man in der Flohzirkusszene ehrfürchtig davon, wie seinerzeit die »kroatische Bombe« ihrem Namen alle Ehre gemacht hatte!

Robinson Crusoe

»Das war doch der Typ, der auf einer Insel gestrandet und dort dann fast von Kannibalen umgebracht worden ist. Und einen Eingeborenen als Gehilfen gehabt hat, den er nach dem Tag benannt hat, an dem er ihn getroffen hat, nämlich Freitag!« So oder ähnlich beschreiben Menschen den Inhalt des berühmten Romans von Daniel Defoe. Was so nicht ganz richtig ist …

»Freitach! Freitach!«

Irgendjemand schien zu ihm zu sprechen. Und dann dieses Rauschen! Woher kam dieses Rauschen? Mühsam versuchte er, wenigstens eins seiner Augen zu öffnen, deren Lider aus Blei zu sein schienen. Da ihn die Helligkeit aber zu sehr blendete, schloss er es wieder und versuchte erst einmal mit den Ohren herauszufinden, wo er war. Waren das Wellen? Möglich, aber nicht wirklich auszumachen, zu undeutlich. Erneut hob er sein rechtes Auge für einen Sehschlitz weit nach oben. War das eine Palme? Ja, so trübe sein Blick auch noch war, das war eine Palme. Und das Blaue da? Himmel? Anscheinend. Aber wieso war er plötzlich an einem Ort, an dem jemand »Freitag« rief, an dem es rauschte und es Palmen und blauen Himmel gab? Und vor allem … wie war er hierhergekommen?

Das alles ließ sich überhaupt nicht zusammenreimen.

Was er noch wusste, war, dass seine Söhne und deren Familien sie besucht hatten und zum Essen geblieben waren. Danach war sein Lieblingsenkel auf seinen Schoß geklettert, und dann musste er ein paar Runden mit ihm drehen. Für einen Zweijährigen ist ein Rollstuhl nichts Trauriges oder gar ein Krankheitssymbol. Für einen Zweijährigen ist ein Rollstuhl etwas, auf dem man mit dem Opa durch die Wohnung fährt und dabei kreischt vor Begeisterung. Nach diversen Runden durch Wohn- und Esszimmer war er dann aber doch schnell müde geworden und eingenickt. Was ihm öfter passierte, seit er diese starken Medikamente nahm. Das war das, was er noch wusste.

Und jetzt war er hier. Und auch wenn er noch schlapp und irritiert war, so versuchte sein Gehirn trotzdem fieberhaft, irgendeine Art Logik zu entwickeln. Wie immer, wenn er was auf Anhieb nicht verstand. Dieses Verlangen, Dinge zu begreifen, hatte ihn immer zielsicher durchs Leben geführt. Durch die Schulzeit, durch sein Studium, das er mit Bravour abgeschlossen hatte, genauso wie durch seine anschließende einjährige Weltreise. Die hatte ihn zu einem europaweit anerkannten Professor der Ethnologie werden lassen, dessen gut zwei Dutzend Bücher für wissenschaftliche Werke erstaunliche Verkaufszahlen erreicht hatten. Er galt als der Experte für klassische Völkerkunde, hatte unzählige Kongresse mit seinen Vorträgen bereichert und war gern gesehener Gastautor in Wissenschaftsmagazinen. Und selbst als ihm die Ärzte vor ein paar Jahren erklärten, dass er an einer höchst seltenen Form von spastischer Paraplegie erkrankt sei, hatte er sich so lange und intensiv damit beschäftigt, bis er trotz der damit verbundenen Lähmung das Gefühl hatte, allein vom Wissen her der Krankheit überlegen zu sein!

»Ich bin eingeschlafen, weil ich erschöpft war. Aber was ist dann passiert?«

»Freitach! Freiiitach!«

Die Stimme klang jetzt ungeduldiger.

Erstmals öffnete er beide Augen. Die Palme war immer noch da, direkt vor ihm. Aber... das erkannte er jetzt... das war keine echte, es war eine glänzende. Aus Plastik. Und das Blau war auch kein Himmel, sondern auch was Glänzendes. Auch aus Plastik! Und wiederum hinter dem Blau leuchteten jetzt auch noch zwei große funkelnde Bälle, umgeben von dunkelbraunem...? Er schüttelte den Kopf, lehnte sich zurück, und so langsam konnte er alles erfassen. Vor ihm stand, zu ihm gebeugt, ein Schwarzer mit großen, weit geöffneten Augen, der ihm einen Schlumpf entgegenhielt, der wiederum auf einer Palme saß.

»Freitach!«, wiederholte der Mann laut.

»Was ist denn mit Freitag?«, fragte der Professor vorsichtig, während er seinen Rollstuhl einen halben Meter nach hinten bewegte, um der ihm zu großen Nähe des Fremden etwas zu entkommen.

»Ei, isch bin nur noch bis Freitach hier! Und des is ja schon morje! Wenn Sie den hier habbe wolle, dann sollte Sie sich entscheide!«

Ohne wirklich zu begreifen, was das alles sollte, antwortete er: »Ich denk noch mal drüber nach, okay?« Der Farbige nickte, wenn auch widerwillig.

»Abber net zu lang warte. Sonst verscheuer ich den an jemand annerster!«

Dann verzog er sich. Der Professor sah sich um. Er befand

sich an der Stirnseite einer ziemlich großen Halle, in der mehrere Dutzend Tische und Stände aufgebaut waren, vor beziehungsweise hinter denen wiederum jede Menge Menschen hin und her liefen. Und deren Stimmenwirrwarr er zunächst als undefinierbares Rauschen wahrgenommen hatte.

Wie ein Scanner flog sein Blick über die gesamte Szenerie, und schnell fügte sich ein Puzzleteil ins nächste. Das hier war eine Messehalle, und die Leute hier waren entweder Anbieter oder Besucher. Wobei Letztere mitunter sehr aufgeregt schienen, während sie die verschiedenen Auslagen checkten.

»Vielleicht Drogenabhängige…«, schoss es ihm durch den Kopf. Von einer Messe für Drogenabhängige hatte er zwar nie gehört, aber andererseits wäre das ja auch logisch, weil man eine solch illegale Veranstaltung schließlich nicht mit Plakaten oder Anzeigen ankündigen würde. (»Besuchen Sie unseren Crack- und LSD-Stand in Messehalle 4, Gang B. Wir freuen uns auf Sie! Und Pröbchen gibt es natürlich auch!«)

»Jaaaaa! Ich hab ihn! Ich hab ihn!«

Einer der Besucher da vorne schien etwas ganz Besonderes erworben zu haben, das er nun triumphierend in die Höhe hielt. Sofort bildete sich eine Menschentraube um ihn, und »Aahs« und »Ohhs« mischten sich mit Applaus.

»Was ist das hier?«, murmelte der Professor. Und dann endlich sah er das Banner. Hoch oben an der gegenüberliegenden Stirnseite des Raumes, gute fünf Meter breit.

»HERZLICH WILLKOMMEN AUF DER Ü-EI-BÖRSE DREIEICH!«

Was ein Ü-Ei war, wusste der Vater zweier Söhne und Großvater dreier Enkelkinder natürlich. Diese Überraschungseier aus Schokolade mit den kleinen Plastikkapseln drin, in denen sich wiederum diese vielen verschiedenen Gimmicks befanden. Kleine Steckspiele, Figuren, Autos und dergleichen Plunder mehr.

»Aber wie bin ich hierher …«

Plötzlich legten sich zwei kräftige Hände um die Griffe seines Rollstuhls, und schon schob ihn jemand mit ordentlichem Tempo mitten ins Zentrum des Geschehens.

»Hey, was machen Sie, wer sind Sie überhaupt, was fällt Ihnen denn ein?«, protestierte er, allerdings erfolglos.

»Jetzt mach ma en Punkt, Oppa! Wenn du schon hier bist, wirste ja net die ganze Zeit von hinne zugucke wolle!«, antwortete ihm eine tiefe Frauenstimme. »Also nei ins Getümmel!«

Bevor er seine Gönnerin überhaupt hatte richtig sehen können, war die schon wieder verschwunden, während er sich nun unmittelbar in einem der Gänge zwischen den unzähligen Ständen befand. Natürlich hätte er am liebsten auf der Stelle kehrtgemacht, was aber aufgrund der dichten Menschenmenge definitiv nicht ging! Mühsam schob er sich also Meter für Meter den Gang hoch, vorbei an den vielen Ständen und Tischen.

»Hier … die komplette 85er Pumucklserie … KOMPLETT inklusive ›Blumenfreund-Pumuckl‹ und ›Lustiger Musikanten-Pumuckl‹. Geb ich Ihnen, weil Sie es sind, für 800 Euro!«

»Nein danke, sehr großzügig!«

»Wie wäre es dann mit allen Tieren vom ›Zirkus Liliput‹ von 1980?«, rief jemand beim nächsten Stand. »Gucken Sie hier … Jumbo, der Star aus Afrika, Brülli, der Juniorlöwe, Brumbrum, der Weltmeister im Eisessen, und Simba, der indische Königstiger. Und als Bonus, nur für Sie … Büffel Hannibal aus dem Westernland! 1200 Euro, das kriegen Sie hier sonst bei keinem!«

»Brülli, der Juniorlöwe? O Gott, ich muss hier raus!«

Verzweifelt suchte er nach einer Fluchtlücke, aber stattdessen wurde es um ihn herum immer voller, immer dichter. Und als ob das nicht schon unangenehm genug gewesen wäre, stellte sich plötzlich ein aufgeschwemmter Wal vor ihn, dessen Kopfesröte sowie herausquellende Adern auf einen Blutdruck von gut dreihundert zu zweihundertfünfzig schließen ließen. Seine aufgeschwemmten Hände legten sich auf die Knie des Professors und schüttelten den samt Rollstuhl durch wie ein mittleres Erdbeben. Nur dass Erdbeben in der Regel kein Sächsisch sprechen!

»Sie glooben gorni, wie furschbor dos is! Ich hob olle, wörglisch olle Häbbi-hibbo-Puzzles seid neunzehnhunderdzweeunneunsisch. Bis auf des änne Deil von dem Bild, wo die Häbbi Hibbos am Bool lieschen und der eine Hibbo von dem annern Hibbo bedient wird. Von dem mit der roden Gappe!«

»Was ist denn eine Gappe?«

»Na, 'ne Gappe für uffn Gopp! Und genau des Deil mit der Gappe hob ich nüsch! Des such ich jetzt schon ewisch … und ich find's nüsch! Ich find es nüsch!!!«

»Das tut mir leid, aber ich kann Ihnen auch nicht helfen!«

»Och ja? Wüssen Se, wie oft ihm des schon jemand gesochd hod?«

Die riesige, dicke Frau, die plötzlich aus dem Nichts aufgetaucht war und ihm nun ebenfalls an die Beine griff, um ordentlich mitzuschütteln, war offensichtlich Frau Wal.

»Mer gönnen alle froh sein, dass er sich noch nischd umgebrochd hod bei denen gansen Naggenschläschän! Hom Sie ne Vorstellung davon, wie es is, wenn man als gleener Junge anfängt, die ›Verrückte Schreibdischbande‹ zu sammeln? Heimlisch, hinder der Mauer? Voller kindlischer Hoffnung und Zuversüchd? Hier …«

Schon knallte sie ihm einen Metallkoffer auf die Oberschenkel, um mit zwei rigorosen Griffen dessen Schnappschlösser zu öffnen. Irritiert starrte der Professor auf eine Ansammlung absurder Figuren in grellen Farben!

»Ja, do staunen Sie! Hier, dos sin de Miauklemm und de Wauklemm, die zwee fröhlischen Büroglammern, die gibt's in Braun und in Lila … und mer homse beede! BEEDE! Und gucken Se … die Bella Bunti gibt's in Rosa und Rot, wobei beede Stifte rot molen. Is glar, oder?«

»Natürlich!«

»So, und hier guggense ma … de Rubberman, das ist bei weitem die indressandeste Figur von dör gansen Serie. Es gibt vier unterschiedliche Warianden, wobei man sochen kann …«

»Sochen muss!«, warf ihr Mann ein.

»… sochen muss, doss die grüne Wariande die seldenste Figur is. Weil man den zum Radieren aus einer extra Halderung nehmen mussde!«

»Und die habe ich auch nüschd! Die Scheißhalderung nüschd und die rode Gappe von dem verfickden Häbbi Hibbo!«

»Puzzle«, ergänzte der Professor höflich, was genau ein Wort zu viel war.

»Jetzt mochd sich der Grüppel ooch noch über uns lusdisch! Örsd geen Mitleid und jetzt ooch noch Spodd! Na warde, du geräderter Orsch .. dich grabbsch üsch mir un zerlesch düsch! Üsch moch aus dir 'ne Dobblbämme!«

Herr und Frau Wal schüttelten und zerrten jetzt wie außer sich, und es war nur noch eine Frage der Zeit, bis er samt seinem fahrbaren Untersatz auf dem Boden liegen und sie ihn dann windelweich prügeln oder, noch besser, mit Miauklemm und Wauklemm zu Tode steinigen würden. Aber zum Glück waren da ja auch noch die anderen Besucher.

»Blast euch doch nicht so auf!«, schrie ein dünner alter Mann aufgebracht. »Ich hatte als junger Mann den Piraten aus Messing! Achtmal gab's den, ganze acht Mal! Dann hab ich ihn versehentlich verkauft... und seitdem such ich ihn. Des hier ist meine vierhundertunddreiundsechzigste Börse, ich bin tausende Kilometer gereist, hab deswegen meinen Job verloren, meine Frau ist mir weggelaufen... alles wegen dem Piraten! Und ihr macht hier einen Aufstand wegen einem Scheißpuzzlestück!«

Mit diesen Worten sprang der Tattergreis ansatzlos auf den Rücken des Walmannes und rammte seine alten, aber spitzen Zähne ansatzlos in dessen Schulter. Und als hätten alle anderen um sie herum nur auf genau diesen Startschuss gewartet, brach die vermutlich größte Massenschlägerei aus, die man je auf einer Überraschungseierbörse gesehen hatte. Jeder hier hatte sein eigenes Ü-Ei-Schicksal, jeder seine Ü-Ei-Leidensgeschichte! Und während die Fäuste nur so flogen, hörte man immer wieder Wortfetzen wie »Mir fehlt de Erdbeerschlumpf! Den Zitroneschlumpf hab ich fünfmal, aber dadefür keinen Erdbeerschlumpf!« »Käpt'n Utan, wo ist Käpt'n Utan?« oder »Ein Königreich für Maulwurf Conni!«.

Hätte man irgendwann später herausgefunden, dass Ferrero im Rahmen eines Experiments bei all diesen Menschen hier das Gehirn entfernt und durch diese kleine Plastikkapsel aus den Schokoeiern ersetzt hatte ... es hätte niemanden überrascht! Und mittendrin der Professor, für den die Situation zunehmend aussichtsloser schien. Bis plötzlich zwei junge Männer neben ihm auftauchten, ihn samt seinem Rollstuhl packten und ihm und sich todesmutig eine Schneise durch die hysterische Menge schlugen!

Ein paar Minuten später befand er sich auf der Rückbank des alten Citroëns von Steffen, seinem ältesten Sohn, der aber auf dem Beifahrersitz Platz genommen hatte, während Alex, sein Jüngster, am Steuer saß. Und bemüht war, alles zu erklären.

»Du bist eingenickt, Vati! Und weil alle was vorhatten, wollten wir dich nicht alleine zurücklassen! Also haben wir dich einfach mitgenommen und dich dann in der Messehalle abgestellt, weil du ja noch immer geschlafen hast! Weißt du, wir wollten nur ganz kurz schauen ...«

»Wonach denn?« Der Alte war genervt.

»Na, ich sammele doch schon von klein auf die Funny Fanten! Und es fehlen mir nur noch Charlotte Charme, Danny Dauerschauer und Nina Nachschlag, dann ...«

»Es reicht, Alex, es reicht!«

Schweigend fuhren die drei durch die anbrechende Dunkelheit. Bis es nach gut zwanzig Minuten Steffen war, der sich als Erster traute, die Stille zu durchbrechen.

»Was macht eigentlich dein neues Buch über primitive Kulturen, an dem du gerade arbeitest? Kommst du voran?«

»Allerdings!«, murmelte der Professor. »Allerdings!«

Psycho

Hatte man sowohl im Roman von Robert Bloch als auch im Film von Alfred Hitchcock bisher behauptet, dass es Norman Bates, der junge Eigentümer des »Bates Motel«, gewesen war, der die brutal erstochene Sekretärin Marion Crane tot in der Dusche gefunden hatte (übrigens ungeachtet der Tatsache, dass er sie, wenn auch unter Zuhilfenahme seiner Zweitidentität als seine eigene Mutter, höchstpersönlich dahingemetzelt hatte), muss man jetzt zugeben, dass auch diese Begebenheit eigentlich anders geplant war …

Die beiden Männer atmeten schwer. Die klobigen Koffer in ihren schwieligen Händen plus ihr jeweiliges eigenes Übergewicht ergaben eine beachtliche Summe, die sie mit sich rumzuschleppen hatten. Und die strammen, etwas zu eng sitzenden Overalls machten es auch nicht leichter.

»So, Heiner, noch des Bad hier, und dann sind mer durch! Mach ma die Tür auf …«

Der Angesprochene drückte, ganz wie ihm sein Kollege Richard gesagt hatte, sachte die Klinke nach unten, drückte die Tür auf, sodass Richard, seinen Werkzeugkoffer vor sich herschiebend, als Erster den Raum betrat! Jetzt machte er ebenfalls einen Schritt hinein, um die Tür hinter sich zu schließen.

»Sag ma, hab ich akustische Halluzinationen, oder läuft da Wasser?«

»Nee, ich hör's auch! Ich hab dir doch gesagt, der ganze

Kaste hier is morsch wie die Sau! Wahrscheinlich habbe die noch Dichtunge von vorm Ersten Weltkriesch!«

Beide hatten ihr viel zu schweres, aber eben leider unverzichtbares Arbeitsmaterial auf dem gekachelten Boden abgestellt. Heiner schüttelte verständnislos den Kopf, während er sich der Duschkabine näherte. Das machte er immer, wenn er genervt war. Und dieses Haus nervte ihn! Schon seit sie vor gut einer Woche angefangen hatten, Raum für Raum nach defekten Leitungen, undichten Wasserhähnen oder sonstigen sanitären Mängeln zu untersuchen. Und Richard nervte ihn erst recht! Denn obwohl er schon vor Jahren seinen Meisterbrief gemacht hatte und vom Status her eigentlich gleichgestellt war, durfte sich Richard aufgrund seiner längeren Firmenzugehörigkeit und der Tatsache, dass er mit der Tochter des Chefs verheiratet war, immer noch wie sein Vorgesetzter aufspielen.

Dabei war es letztes Jahr nur sein Verdienst gewesen, dass im Altersheim nicht das komplette Abwassersystem explodiert war! Denn hätte er nicht festgestellt, dass das Hauptrohr direkt vor dieser einen Steckmuffenverbindung quasi kurz vorm Zerbersten war, weil eine der Bewohnerinnen ihre sämtlichen Haarteile über ihre Toilette entsorgt hatte, wäre es in Sachen Verstopfung zum sanitären Super-GAU gekommen! Zumal das nicht nur ein paar Haarteile gewesen waren, sondern hunderte! Was daher rührte, dass die besagte Dame den Großteil ihres Lebens als Schauspielerin bestritten und, aus berufsbedingter Eitelkeit, regelmäßig in ebendiese Frisurenergänzungen investiert hatte. Als man sie später fragte, warum sie die Dinger nicht einfach in den Müll geworfen hätte, antwortete sie mit der Logik einer Sechsundneunzigjährigen: »Ich hab zwei Weltkriege überlebt, da kann ich ja wohl ins Klo werfen, was ich will!«

Richard hatte damals, wie so oft, einfach in jedes verstopfte WC und in jedes ebenfalls nicht abfließende Waschbecken kiloweise diesen chemischen Rohrreiniger geschüttet und gesagt: »Des muss reiche! Mer habbe ja noch annere Baustelle!«

Aber er, Heiner, hatte genau dieses Gespür bewiesen, das einen guten von einem mittelmäßigen Sanitärfachmann unterschied, und war der Sache akribisch auf den Grund gegangen!

Genauso wie bei der Geschichte im Zoo. Ausgerechnet das Abwassersystem unter dem Nilpferdgehege war damals verstopfungsmäßig lahmgelegt worden! Weil die faule Sau von Tierpfleger die Hinterlassenschaft der siebenköpfigen Nilpferdfamilie nicht aufgesammelt und vorschriftsmäßig entsorgt, sondern sie stattdessen einfach immer nur in den ums Gehege führenden Wassergraben gekehrt hatte. Und das über Monate! Ja, und wer war damals, als keiner mehr weiterwusste, todesmutig in den Graben gestiegen und hatte sich, nur mit einer alten Taucherbrille plus Schnorchel, in den Abwasserkanal gewagt, der nur unwesentlich breiter gewesen war als er selbst? Und wer hatte die Verve gehabt, mit einer Art selbst gebastelten »Bombe« aus ungefähr hundert Kanonenschlägen diese fast schon betonartige Wand aus gefühlten tausend Kilo Exkrementen wegzusprengen? Und wer war aufgrund der Detonation durch die Luft geschossen worden wie vor ein paar Jahren dieser Rocketman, der in einem raketenangetriebenen Raumanzug in Schallgeschwindigkeit tollkühn den Ärmelkanal überflogen hatte… mit dem Unterschied, dass der danach nicht bis zur Unkenntlichkeit mit Nilpferdscheiße bedeckt war? Er, Heiner! Nicht Richard! Er! Und obwohl das schon oft so gewesen war, hatte ihr Chef, der alte Sauerwein, aus den genannten Gründen immer Richard die »Einsatzleitung« anvertraut!

»Und der kommandiert mich hier rum! Ausgerechnet der Pfuscher!«, murmelte Heiner während er den Duschvorhang beiseiteschob.

»Ach, du dickes Ei!«

Heiner und Richard staunten nicht schlecht, als sie die junge blonde Frau da liegen sahen.

»Meinste, die ist ausgerutscht?«

»Hm, ich weiß net, bei der Blutmenge. Und die ganze Schnitte überall ... ich mein, so was holste dir ja net am Seifeschälsche.«

»Und jetzt?«

»Ich würd sagen ... erst mal den Hahn zudrehe. Gibt ja keinen Grund, noch mehr Wasser zu verschwenden!«

Für einen Moment betrachteten beide die junge nackte Frau.

»Hm, mei Moni hat früher auch ma so eine Figur gehabt. Nur ohne Schnitte halt ...«, dachte Richard, bevor er einen fragenden Blick zu Heiner warf. Nachdenklich kratzte der sich am Kopf.

»Ich weiß net ... aber ich glaub, dass wir allein für den Abfluss 'ne achtzehner Dichtung brauche. Und die habbe mer net debei!«

Richard nickte erleichtert.

»Stimmt! Und dazu die Frau wegräume, des ganze Blut abwasche und dann noch nach der Leitung gucke. Außerdem ...«

Er blickte auf seine Armbanduhr, die ihm seine Frau mit der hübschen Bemerkung »Wenn man sich den Richard Gere betrachtet, kann man mal sehen, dass der Vorname noch nichts über den Verlauf eines Lebens aussagt!« zum Namenstag geschenkt hatte. Der große Zeiger sprang gerade auf die erste Ziffer.

»Außerdem isses schon nach fünf!«

Kurz darauf zogen zwei Sanitärfacharbeiter leise die Haustür des »Bates Motel« hinter sich ins Schloss, um so unauffällig wie möglich zu ihrem kleinen Lieferwagen zu laufen. Bis auf diese eine Dusche hatten sie ja alles fachgerecht repariert. Und Feierabend war schließlich Feierabend!

Harry Potter

Fragt man heute Leser und Fans von Harry Potter, was ihnen in Bezug auf Band I, »Harry Potter und der Stein der Weisen«, besonders in Erinnerung geblieben ist, werden sie vor allem »Quidditch!« antworten. Jene Sportart, die man nur auf Zauberschulen wie »Hogwarts« spielte. Und bei der es vor allem darum ging, im sportlichen Wettstreit hoch in der Luft, auf fliegenden Besen mit verschiedenen Bällen wie den »Klatschern« oder auch dem »Quaffel« merkwürdige Dinge zu tun, um ebenso merkwürdigen Regeln nachzukommen.

Vor allem aber galt es, den »Goldenen Schnatz« zu erwischen. Einen goldenen Ball, ausgestattet mit zwei ebenso goldenen Flügeln, dessen Flugtempo die Protagonisten auf ihren Besen zu waghalsigen Kunststücken zwang. Wer am Ende diesen zuerst fest in den Händen hielt, führte sein Team letztendlich zum Sieg. So wie Harry Potter in ebenjenem Band. Aber so unterhaltsam dieser Wettstreit den geneigten Lesern auch erschienen sein mochte, so unangemessen viel Platz nahm dieser in ihrer Wahrnehmung ein! Denn Ausgangspunkt dieser frei erfundenen Sportart war eine, die es tatsächlich gegeben hatte … und vor allem auch heute noch gibt!

»Ischkriedisch!«

Es war Samstag, und es war 15 Uhr 30.

Nur ein paar Kilometer entfernt wurde genau in diesem Moment Eintracht Frankfurt gegen Borussia Mönchengladbach angepfiffen. Und trotzdem war es hier so voll wie noch nie, alles schien aus den Nähten zu platzen. Jeder wollte ein Ticket, jeder begehrte Einlass. Noch vor ein paar Jahren war das hier einfach nur ein runtergekommener Ort gewesen. Der seine besten Zeiten als städtische Minigolfanlage längst hinter sich hatte. »Nicht zeitgemäß ausgestattet, zu weit außerhalb, zu kostenintensiv«, waren seinerzeit die Argumente der Städteversammlung gewesen, und schon wenige Wochen später hatte man die Anlage dichtgemacht. Über Jahre hatte danach niemand mehr das morbide Areal betreten, lediglich eine größere Anzahl Ratten nistete sich zwischen und in den alten Hindernissen auf den verschlissenen Bahnen ein, und schon bald wuchs Unkraut aus den Löchern, in denen man seinerzeit die kleinen weißen Bälle versenkt hatte. Bis ein paar clevere Griesheimer auf die Idee mit diesen Turnieren gekommen waren. Da die Stadt großes Interesse hatte, die Abriss- und Entsorgungskosten zu sparen, verkaufte man ihnen die gesamte Anlage zum symbolischen Verkaufspreis von einen Euro und hatte die Sache somit vom Hals. Und die neuen Besitzer eine Stätte für das Spiel, das sie selbst kreiert hatten. Und das sie »Ischkriedisch!« nannten.

Das Gute war, dass man keinerlei Finanzmittel brauchte, um irgendetwas umzubauen. »Ischkriedisch!« würde auch hier funktionieren, weil es überall funktionierte.

War der Zuschauerzuspruch bei der ersten Veranstaltung noch nicht wirklich groß gewesen, sprach sich doch in Windeseile rum, wie unterhaltsam solch ein Turnier war und dass sich ein Kommen durchaus lohnte. Das heute war das vierte Mal, und es war ausverkauft!

Da es keinerlei Sitzplätze gab, hatten sich erfahrene Besucher Campingstühle oder zumindest alte Kisten von zu Hause mitgebracht, um sich damit direkt vor dem Zaun, der das Spielfeld umsäumte, niederzulassen. Was mitunter ein recht unruhiges Sitzen bedeutete, denn auch die stehende Zuschauerschaft versuchte natürlich, möglichst nahe beim Geschehen zu sein.

Unter lautem Gejohle liefen nun die Spieler ein. »Ischkriedisch!« war kein Mannschafts-, sondern Einzelsport, und so hatten alle Teilnehmer Leibchen mit ihren Namen darauf übergestreift.

Geleitet wurde die Partie von Martina Hochgesand, eine zwar etwas in die Jahre gekommene, aber aufgrund ihrer früheren Haftstrafen und aus dieser Zeit stammenden Tattoos immer noch hoch respektierte Schiedsrichterin, der man nichts vormachen konnte. Und die für dieses Spiel wie geschaffen schien.

Mittlerweile hatten sich alle Spieler in der Mitte des Spielfeldes, sprich der kompletten alten Minigolfanlage, versammelt. Das hieß alle bis auf einen, der sich unbemerkt in das versiffte Innere des ehemaligen Kiosks seitlich der Anlage geschlichen hatte, in dem man sich früher die Schläger und Bälle hatte ausleihen können und wo man die definitiv fettigsten Rindswürste der Welt bekommen hatte.

Der Mann im Dunkeln hieß Harald Gotta und hatte offensichtlich seine Gründe, nicht gleich ins Spielgeschehen einzugreifen. Behutsam nahm er seinen »Obi 2000« in beide Hände, um ihm unauffällig ein kleines Küsschen aufzudrücken. Das hatte ihm immer Glück gebracht, und das sollte es auch heute tun!

Draußen konnte es losgehen. Die letzten Takte von »Lucifer's Hammer« der US-Metallband »Warlord«, das man hier zur Turnierhymne auserkoren hatte, waren gerade verklungen, und auf der gesamten Anlage wurde es plötzlich mucksmäuschenstill. Alles starrte auf Martina Hochgesand, die jetzt eindringlich die in den Satzungen vorgeschrieben Eröffnungsworte sprach.

»Die einzige Regel, die gilt, ist die, dass es keine Regel gibt! Den Besen hoch, nach vorne schaun …«

»… und allen auf die Fresse haun!«, komplettierte das Publikum im Chor, um dann mit frenetischem Beifall den Spielbeginn zu fordern.

Wie alle bisherigen Turniere wurde auch dieses im »Griesheimer Internet Radio« übertragen, was dessen Betreibern zumindest dann mal ordentlich Zuhörer brachte, während Berichte vom Umbau des Hallenbads zu einem neuen Norma-Markt oder der Jahreshauptversammlung der fünfköpfigen Gruppe ehemaliger Griesheimer Schlesien-Vertriebener auf eher übersichtliches Interesse stießen.

Und so saß auch diesmal oben auf dem Dach des Kiosks das beliebte Kommentatorenduo des Senders. Zum einen Johann Biesenbacher, besser bekannt als »Leder-Johann«. Ein eigentlich saublöder Spitzname, den man dem Bayern mit dem charmanten Dialekt, der seit ein paar Jahren ein begrenzt seriöses Wettbüro in Griesheim besaß, irgendwann verpasst hatte, weil er immer wieder gerne mal normale Verben durch das Wort »ledern« ersetzte:

»Do hat er dem Typ voll oane neigeledert«, »… de Sebastian Vettel is mit über dreihunndert Sochen ins Ziel geledert«,

»Heut Abend leder i mir a Hacksteak nei … und wann ich net schlafa kunn, werd unner de Bettdeckn no kurz oana abgeledert!«.

Zum anderen Jürgen Grabowski, der frühere Mittelfeldregisseur von Eintracht Frankfurt, der es auch als Edeljoker in der deutschen Nationalmannschaft bis zum WM-Titel gebracht hatte. Und den man nicht nur aufgrund seiner immer noch großen Beliebtheit bei den Frankfurtern verpflichtet hatte, sondern auch weil sein Hochhessisch (so nennt man es, wenn ein eingefleischter Hesse versucht, Hochdeutsch zu sprechen) durchaus einen gewissen Unterhaltungswert hatte (ohne dass er das allerdings selber auch nur geahnt hätte). Dazu die Kombination mit dem Bayern … die Hörer wussten, was sie an den beiden hatten.

Leder-Johann und Grabowski saßen also oben auf dem Dach des Kiosks, von wo sie einen guten Blick auf das Geschehen unter ihnen hatten.

Leder-Johann

»Joa, liebe Zuhörer und Zuschauer, heute isses wieder so weit. Ein weiteres »Ischkriedisch!«-Turnier steht an. Die Arena ist ausverkauft und die Anzahl der Spieler wie immer unübersichtlich, aber erfreulich groß! Und au wann eana dahoam die Regeln natürli bekannt sann, sammer natürli gerne bereit sie den Newcomern unter eana noch amal kurz zu erklären … ge, Jürgen?«

Grabowski

»Natürlich sehr gerne, Johann! Dadefür sind wir ja da! Also … auf dem Platz stehen vierzisch Spieler, von denen keiner jünger als siebzisch Jahre alt sein darf. Jeder kämpft nur für sich, das heißt, jeder ist automatisch Gegner des anderen!«

Leder-Johann

»Ein bisserl wie im Dschungel ...«

Grabowski

»Obwohl da die Affen ja zusammenhalten ...!«

Dankbar quittierte Leder-Johann diesen Brüller mit einem dreißigsekündigen Dauerlachen.

Grabowski

»Alle sind jedenfalls mit einem Besen ihrer Wahl ausgestattet! Ob jetzt Stubenbesen, Kokosbesen, Saal- oder Straßenbesen ... ja, mancher hat sogar noch einen Schneebesen im Gürtel hängen ...«

Leder-Johann

»... und vielleicht hat ja auch oana saa Frau mitgebracht ...«

Grabowski

»He?«

Leder-Johann

»Na, den alten Besen von dahoam!« (lacht blöd ...)

Grabowski

»Verstehe ... haha ... ein guter Scherz! Mit diesem Besen also darf man im Prinzip alles machen. Man darf seinen Gegenspielern so oft und so fest wie möglich eine ... ich sag mal ...«

Leder-Johann

»... neiledern!«

Grabowski

»... genau ... man darf sie damit aber auch zum Stolpern bringen, und natürlich darf man sie damit auch bewusstlos schlagen … oder sogar … egal! Ich sach ma so: je doller desto besser! Und jetzt kommt das alles Entscheidende: Im Mittelpunkt des Interesses steht ein kleiner goldener Porzellanpenis … der Goldene Spatz! Diesen gilt es zu erhaschen.«

Leder-Johann

»Richtig! Und des hoat aan gutn Grund, net wahr, Jürgen …?«

Grabowski

»Allerdings, Johann! Denn wie immer wurde allen Spielern eine Stunde vor dem Spiel extra starker, hochkoffeinhaltiger Kaffee per Infusion injiziert …«

Leder-Johann

»Wie viel Liter san das in der Regel, Jürgen?«

Grabowski

»Nun, das ›Coffeeining‹, wie das hier genannt wird, findet ja unter Ausschluss der Öffentlichkeit statt, aber Insider sprechen von zehn bis zwanzisch Litern …«

Leder-Johann

»Pro Person …!«

Grabowski

»Natürlich pro Person, Johann. Das is ja hier kein Kaffeekränzchen!«

Leder-Johann

»Oane zugleich flockige und treffliche Bemerkung. Typisch Grabi!«

Diesmal lachten beide herzlich über diesen unglaublich guten Joke!

Grabowski

»Nun, um die Regelkunde abzuschließen … im Inneren des kleinen Goldenen Spatzes befindet sich ein rasch wirkendes Blutdrucksenkungsmittel, dosiert für maximal eine Person, das die Rentnerpumpe auf normale … ich sach ma … Betriebsgeschwindigkeit bringen soll!«

Leder-Johann

»Also isses für olle Beteiligten von enormer Wichtigkoit, den Spatz zu schnappn, und ihn bis zum Ende der Spielzeit zu verdeidigen.«

Grabowski

»Falls er es vom Alter her überhaupt bis zum Spielende schafft … haha …«

Leder-Johann: (lacht auch herzlich)

»Allerdings, des is fei guat, … hahah … so kenn ich Sie, Jürgi, so lieben wir Sie alle, immer oan flotten Spruch auf den Lippen!«

Grabowski

»Danke, Johann …«

(Ein gewisses Pathos mischte sich jetzt erstmals in seine Stimme)

»Johann, ich glaube, man kann mit Fug und Recht behaupten, dass dieser Sport das vermutlich letzte Vergnügen dieser Leute da unten ist …«

Leder-Johann

»Oa schene, poetische Betrachtung … dös gefallt mir guat, wos Sie da gerade gesagt hom … so, aber jetzt geht's auffi! Ich frei mi, lieber Jürgen, dass wir baide dos gemeinsame Vergnügen hoam!«

Grabowski
»Das sehe ich ähnlich, lieber Johann …«

Und tatsächlich ging es nun los. Frau Hochgesand stellte sich in die Mitte des Spielfeldes, und die Spieler versammelten sich um sie herum. Und auch wenn in diesem Moment niemand sprach, verrieten doch das Scharren der Füße und das Klappern der Prothesen und dritten Zähne, wie groß die Anspannung war! Frau Hochgesand hielt den Golden Spatz nun hoch über sich, rief laut »Das ›Ischkriedisch!‹-Turnier ist eröffnet!«, um dann das Objekt der Begierde so feste wie nur möglich in die Luft zu werfen. Was sich von nun an auf der ehemaligen Minigolfanlage abspielte, lässt sich schwerlich beschreiben. Aber die legendäre Schlacht zwischen Dschingis Khans Mongolen und der berüchtigten Armee der Südrussen im Jahre 1223 dürfte eine drollige Tupperware-Party gegen das gewesen sein, was sich hier abspielte.

Vierzig Rentner droschen nun wie bescheuert aufeinander ein, jagten sich über die diversen Bahnen bzw. Hindernisse des Minigolfplatzes, was natürlich zu absurden Stürzen und Verletzungen führte. Gebisse wurden geworfen, Besenstile in Ohren und Augen gesteckt und Haarteile vom Kopf gerissen. Es wurde gekratzt, gebissen, gespuckt, es wurden Beine gestellt, Besen als Stolperfallen verwendet, es wurden Hüften aus- und falsch wieder eingerenkt, Prothesen einfach abgeschraubt und weggeworfen usw. Und dazu ein Durcheinandergeschrei wie beim ersten Winterschlussverkauf der Nachkriegszeit.

»Gib des Ding her, du dabbische Drecksau!«

»Ich dreh dir de Krotze rum, du Asotunte!«

»Aus dem Wesch, du versiffter Futtkopp!«

Der Einzige, der sich wie gesagt nicht gleich in diese Schlacht geworfen hatte, war Harald Gotta gewesen. Kurz nach Spielbeginn war er zu den beiden Kommentatoren auf das Kioskdach geklettert, um von dort aus erst mal die Situation beziehungsweise den Spielverlauf zu eruieren. Hier konnte er gut sehen, dass sich das Spielfeld, oder genauer gesagt: die Teilnehmeranzahl, schnell deutlich lichtete. Immer mehr Spielerinnen und Spieler verabschiedeten sich aus dem Match, manche freiwillig, die meisten eher unfreiwillig. Auch Frau Hochgesand konnte ihren Schiedsrichterpflichten mittlerweile nicht mehr nachkommen, da sie das zufällige Opfer einer herumfliegenden Zahnprothese geworden war, die ihr aufgrund einer unglücklich verlaufenden Flugbahn das linke Ohr abgebissen hatte. Schließlich standen nur noch zwei Männer auf dem Platz. Einer mit dem hübschen Namen Hans Paris, der in diesem Finale in der Gunst des Publikums hörbar vorne lag, und einer namens Markus Flint. Der dem Erstgenannten mit einer fiesen, aber ausgesprochen gekonnten Straßenbesenschlagkombination zwischen die Beine und dann auf die Schläfen abrupt die Chance zum Gesamtsieg vermasselte. Ausgerechnet Markus Flint, der sein Leben lang über mehrere »Mr.Hong's Asia-Grill«-Buden die Einnahmen seiner illegalen Bordellkette gewaschen hatte, für den »Menschenrecht« bedeutete, dass seine ausgebeuteten koreanischen Köche nach Feierabend das Brot vom Vortag essen durften, wobei er ihnen aber immerhin gestattete, dies mit Geschmacksverstärkern »aufzupeppen«, und den selbst seine eigenen Enkel als »widerlichstes Arschloch von allen« bezeichneten, schien Sieger des Tages zu werden. Stolz und siegesgewiss präsentierte er den verhalten applaudierenden Zuschauern den Goldenen Spatz, den er wie den eben gewonnenen Pokal der Champions League mit beiden Händen in den Himmel streckte. Fehlte eigentlich nur noch der in solchen Fällen übliche Goldkonfettiregen.

Stattdessen aber kam etwas anderes von oben! Harald Gotta! Mit einem entschlossenen »Ischkriedisch!« sprang er vom Dach, direkt in Flints Rücken. Der nicht mal Zeit hatte, überrascht zu sein, denn schon klopfte ihn sein unerwarteter Gegner im Stile eines Kendo-Meisters mit seinem Besen in wenigen Sekunden weich wie einen alten Teppich auf der Stange eines Hinterhofes. Jetzt endlich hatte das Turnier seinen Sieger und die frenetisch jubelnde Menge ihren Helden! Auch wenn das ein Großteil der Teilnehmer gar nicht mehr mitbekommen hatte…

Ganz im Gegenteil zu Jürgen Grabowski und Leder-Johann, denen das turbulente Match streckenweise die Sprache verschlagen hatte. Und die sie erst jetzt wiederfanden.

Leder-Johann

»Was für oan Finale! Jo mei, des woar a Wohnsinnsturnier, gö, Jürgi?«

Grabowski

»Worauf du aaner abledern kannst, Johannsche!«

Leder-Johann

»Wos i gern moach, Jürgi!«

Ein letztes Mal an diesem Nachmittag bogen sich die beiden Spitzenkommentatoren vor Lachen, bevor die Sendeleitung vom G. I. R. zu einer Veranstaltung im Griesheimer Bürgertreff umschaltete, wo ein langjähriger ehrenamtlicher Mitarbeiter des hiesigen Heimatmuseums sämtliche Museumseintrittskarten der letzten zwanzig Jahren per Diavortrag präsentieren würde.

Shining

Hier sorgte das ausgegrabene ursprüngliche Manuskript für besonders viel Verwirrung und Diskussionen, bewies es doch, dass Stephen Kings Horrorversion um den verrückten Schriftsteller, der mit seiner Familie in dieses riesige, abgelegene und außer Betrieb befindliche Hotel gezogen war, nicht auf seinem Mist gewachsen war. Und in Wirklichkeit einen komplett anderen Ansatz gehabt hatte.

Eigentlich ein Skandal!

John überlegte seit Tagen, wie er diese Tür reparieren könnte. Die Axt steckte tief im massiven Eichenholz, und selbst mit der allergrößten Anstrengung bekam er sie nicht heraus, dazu fehlte ihm einfach die Kraft.

Doch irgendetwas musste er unternehmen. Aber was? Als John vor neun Tagen zusammen mit seiner Frau und seiner Tochter in das alte, leer stehende Hotel eingezogen war, damit er hier endlich seinen neuen Roman beginnen konnte, hatte er die zerschlagene Tür gar nicht bemerkt, sonst hätte er sie garantiert sofort dem Vermieter gemeldet. Doch jetzt, nach über einer Woche, würde es unglaubwürdig wirken.

Der Vermieter, ein etwas wirrer Typ namens Nicholson, würde ihn auslachen, denn wie doof muss man sein, um neun Tage an einer eingeschlagenen Tür vorbeizulaufen, ohne sie zu bemerken? So etwas glaubte man selbst einem Schriftsteller nicht. Er musste sich etwas Besseres einfallen lassen. John ärgerte sich über sich selbst. Alles hatte so gut angefangen. Mr. Nicholson, ein guter Freund seines Vaters, vermietete John für kleines Geld sein altes Hotel und wünschte ihm viel Kreativität und Erfolg fürs Schreiben. Und als ob seine Wünsche ihn beflügelt hätten, schrieb John wie im Rausch und hatte schon nach neun Tagen seinen Roman im Kasten. Eigentlich hätte er jetzt glücklich sein können. Wäre da nicht diese verdammte Tür, für die ihm Mr. Nicholson wahrscheinlich schon mal die Hälfte von dem lächerlichen Vorschuss berechnen würde, den er für seine nur mäßig erfolgreiche Trash-Crime-Serie vom Verlag erhalten hatte. John verdiente nicht wirklich gut, und außerdem kannte er sich aus mit Handwerkern, die einem das Geld aus der Tasche zogen, bevor sie auch nur einen Handgriff getan hatten. John wusste auch, was so eine alte Tür kosten würde und dass man sie nicht einfach in jedem Baumarkt bekommen würde.

Doch plötzlich hatte er eine Art Eingebung. Konnte es nicht vielleicht sein, dass dieser Erfinder, der vor ihnen das Hotel gemietet hatte, was mit dieser Tür zu tun hatte? Und wäre es nicht das Einfachste, ihn anzurufen und das zu klären? Dazu bräuchte er natürlich seine Nummer, nur die hatte er leider nicht. Aber Mr. Nicholson müsste sie haben. Und als hätte der telepathische Kräfte, rief er noch am selben Abend zur nicht geringen Verblüffung Johns an.

»Hi, John, alles okay? Wie läuft's, kommen Sie gut voran?«

»Ja, Mr. Nicholson, klappt alles gut, Ihr alter Kasten ist echt inspirierend! Und wissen Sie was … manchmal sehe ich nachts auf dem Gang zwei kleine Mädchen, die mir zuzwinkern und mir zulächeln. Doch sobald ich sie mit Handschlag begrüßen möchte, lösen sie sich in Luft auf!«

»Ja, ja, so sind sie, diese Kids von heute! Freche Gören! Gibt es sonst noch etwas, das ich für Sie tun könnte, John?«

»Ich würde gerne mal Kontakt aufnehmen zu diesem Erfinder, der hier vor uns wohnte, diesem …«

»Jack! Sie meinen Jack Schmidt!«

»Ja, genau! Wäre es möglich, dass Sie mir seine Nummer geben? Ich könnte mir nämlich vorstellen, dass er das ein oder andere Requisit für die anstehenden Dreharbeiten zu einem Film herstellen könnte, für den ich das Drehbuch schreiben werde!«

»Natürlich, da wird er sich bestimmt drüber freuen, der alte Stinker. Er hat nämlich seit Monaten kein richtiges Geld mehr verdient und ist deshalb noch ungenießbarer als ohnehin schon. Wissen Sie, er ist von Natur aus ein aggressiver Mensch, der sich nicht gerne etwas sagen lässt. Aber trotzdem ist er im Prinzip ein guter Kerl. Seine Nummer ist übrigens ähnlich wie meine, nur hinten anstatt achtundsiebzig einfach neununddreißig wählen.«

»Vielen Dank, dann rufe ich ihn jetzt gleich mal an.«

»Viel Glück, grüßen Sie ihn von mir, und Ihnen noch eine schöne Zeit!«

»Danke!«

John wählte die Nummer von Jack, und kurz drauf meldete sich eine leicht motzige Stimme.

»Ja?«

»Sind Sie's, Jack?«

» Ja, wer ist da?«

»John …«

»Lennon oder was?«

»Nein, John Bird.«

»Aha! Und was gibt's?«

»Hören Sie, Jack …«

»Mach ich doch! Also, was gibt's?«

»Ich bin mit meiner Familie hier in dem alten stillgelegten Hotel von Mr. Nicholson, das er uns freundlicherweise für zwei Wochen vermietet hat, damit ich meinen neuen Roman schreiben kann …«

»Schön für Sie! Und was hab ich damit zu tun?«

»Es ist so … ich habe gestern hier eine eingeschlagene Tür entdeckt, in der noch eine Axt steckt!«

»Scheiße, da ist das Drecksding also! Und ich such mir hier den Arsch ab, verdammte Kacke!«

»Wie bitte?«

»Die Drecksaxt such ich seit Tagen, dachte schon, hätte sie irgendwo unterwegs verloren, womöglich im Schnee oder diesem bescheuerten Gartenlabyrinth!«

»Das heißt, die Axt, die hier in der Tür steckt, gehört Ihnen?

»Ja, wem denn sonst?«

»Heißt das auch, dass Sie die Tür hier eingeschlagen haben?

»Ja, wer denn sonst?«

»Sie geben das also zu?«

»Ja, wieso denn nicht? Was ist denn mit Ihnen los?«

»Nun … ich befürchte, dass mir der Vermieter die zerschlagene Tür in Rechnung stellen wird.«

»Quatsch, die zahl ich natürlich! Das setz ich von der Steuer ab … als Entwicklungskosten.«

»Als Entwicklungskosten?«

»Ja, genau! Ich bin Erfinder, da geht schon mal was zu Bruch beim Entwickeln. Natürlich soll und wird das nicht auf Ihre Kosten gehen, ich mach das mit Mr. Nicholson schon klar. Tut mir leid, hatte das total vergessen.«

»Und was ist mit der Axt?«

»Die hol ich mir morgen ab. Wann sind Sie denn da?

»Eigentlich den ganzen Tag.«

»Okay. Dann komm ich so gegen zwei, nach dem Mittagessen, passt Ihnen das?«

»Ja, von mir aus.«

»Prima! Soll ich Kuchen mitbringen?«

»Wie bitte?«

»Späßchen! Also dann bis morgen.«

»Ich würde Sie gerne noch etwas fragen …«

»Nämlich?«

»An was für einer Erfindung hatten Sie denn gerade gearbeitet?«

»Türlack.«

»Wie bitte?«

»Schlagsicherem Türlack.«

»Schlagsicherem Türlack?«

»Exakt! Der mindestens neunzig Axthiebe aushält.«

»Aha! Wer hat denn Interesse an schlagsicherem Türlack?«

»Eine Filmproduktionsfirma aus den USA.«

»Eine Filmproduktionsfirma? Wieso denn das?«

»Die wollen ein Remake von einem Psychothriller drehen,

aber diesmal nicht wieder abertausende Dollar für Türen ausgeben, nur weil dieser Idiot von Schauspieler, der auch diesmal wieder die Hauptrolle spielen wird, Dutzende von Türen einschlägt! Und das, obwohl er mit der Axt nur leicht gegen die Tür klopfen soll, um seine Familie zu erschrecken! Das nennt man ›aus Erfahrung klug werden‹, verstehen Sie?«

»Und deshalb brauchen die diesen schlagabweisenden Türlack?«

»So sieht's aus, mein Junge! Also, dann bis morgen, da hol ich das Äxtchen ab! Schönen Abend noch.«

»Ja, dann bis morgen …«

John legte das Telefon beiseite, starrte eine Weile gedankenlos ins Leere und überlegte. Was wäre, wenn er seinen Roman doch noch mal umschreiben würde? Er hatte da plötzlich eine komplett neue Idee.

Gastkapitel von Gerd Knebel

Elf Freunde müsst ihr sein

Diese 1986 erschienene Geschichte um eine Horde motivierter Berliner Fußballknirpse, die die Fußball-Stadt-Schulmeisterschaft gewinnen wollen, wird auch heute noch gerne als ewige Hommage an den Mannschaftsgeist gefeiert. Was für ein Irrtum!

Die klirrende Kälte konnte nicht darüber hinwegtäuschen, dass es heiß hergehen würde an diesem Mittwochabend! Man hatte sich getroffen, weil es Zeit wurde, den anderen Jungs endlich zu zeigen, wer hier das Sagen hatte! Das war mehr als irgendein Lokalderby, heute ging es nicht nur darum, die eigenen Anhänger zufriedenzustellen! Heute ging es um das Sich-Verwirklichen, um Selbstwertgefühl und Vertrauen in die Zukunft! Die Ansprache des Leaders war kurz, aber prägnant.

»Ga erheen, krijg ze te pakken en laat ze zien, dat er maar één winnaar is!«

Was so viel hieß wie: »Geht raus, schnappt sie euch, und zeigt ihnen, dass es nur einen Sieger geben kann!«

»Welke taktiek, baas? – Welche Taktik, Boss?«, fragte einer.

Iluliaq, der Angesprochene, zog die Augenbrauen hoch, sodass sie wie zwei große, dunkle und auf dem Kopf stehende Us aussahen. Was er immer machte, wenn es galt, wichtige Entscheidungen zu fällen. Ernst und in einem Ton, der keinen Widerspruch duldete, sagte er: »Haak Vissen! – Fanghaken!«

Seine zehn Mitstreiter nickten. Dann erhoben sie sich.

Leichtes Spiel würde man vermutlich nicht haben, aber wenn man das da draußen gleich für sich entscheiden würde, wäre das richtungweisend. Denn hier im Nordwesten Grönlands gab es weit und breit nur zwei Eskimo-Rockergruppen, die aufgrund der etwas komplizierten politischen Historie (vor allem der imperialistischen Rolle der Niederlande im 17. Jahrhundert) auch noch beide Holländisch sprachen! Und eine davon war zu viel! Nachdenklich blickte Iluliaq seinen Jungs hinterher, warf einen kurzen, wohlwollenden Blick auf ihre Fellkutten mit dem Aufdruck »Hell's Inuits«, während sich draußen jeder von ihnen einen Fanghaken schnappte. Schnell überprüfte er noch mal, ob er auch das T-Shirt mit dem Aufdruck »Don't kill me! I kill you!« drunter trug, das ihm seine Mutter geschenkt hatte und das ihm Glück bringen sollte.

»Wenn die anderen mit Harpunen kommen, wird's allerdings eng...«, dachte er noch, bevor er als Letzter das Iglu verließ...

Der Herr der Ringe

Ja, das mit einem Ring war so gedacht gewesen. Auch, dass er große Begehrlichkeiten wecken und es deshalb viele erbitterte Kriege und Schlachten zwischen den Guten und den Bösen geben würde. Und dass ein paar sehr kleine Wesen eine wichtige Rolle spielen sollten, ebenfalls. Mehr aber auch nicht …

Die Gefährten

»Mittelerde! Das Entscheidende ist, wie es um die Mittelerde bestellt ist!«

»Des is doch völlischer Bleedsinn, des spielt doch überhaupt kei Roll!«

»Ach ja? Ich sach eusch … wann die Mittelerde net in Ordnung is, dann kannste alles annere vergesse!«

Wie so oft saßen die vier kleinen Männer an dem ihnen angestammten Tisch und redeten sich die Köpfe heiß. Ohne auch im Geringen davon Notiz zu nehmen, dass draußen ein fast schon orkanartiger Sturm sein unruhiges Wesen trieb. Der den Regen über das Land peitschte, die Blätter wie Konfetti durch die Luft wirbelte, um dabei sein Treiben mit lautem Jaulen zu untermalen. Ja, es war ungemütlich da draußen. Doch unsere munteren vier störte das keineswegs. Hier drinnen war es warm und trocken, das Essen schmeckte wie immer ganz anders, als es hieß, und wenn sie, wie heute auch, bei ihrem gemeinsamen Lieblingsthema waren, bemerkten sie nicht einmal, dass draußen die Welt anscheinend beschlossen hatte unterzugehen.

»Ich glaube dir kein Wort! Wenn du zum Beispiel Geranien falsch einsetzt oder auch de falsche Dünger nimmst, dann nutzt dir auch die Mittelerde nix, dann verrecke dir die Dinger schneller, als de gucke kannst! Weil se nämlich gar net bis zur Mittelerde wachse, sondern in de ersten Schicht obbe schon kaa Worzele ziehn und desdewesche abkacke wie vertrocknete Knöddel!«

»Wenn's irgendwo en vertrocknete Knöddel gibt, dann in deinem Hirn! Was du für einen Scheißdreck verzählst … dadefür könnt ich dir grad eine batschen!«

»Ihr habt beide null Schimmer! Ihr müsst die Mittelerde nach obbe, die Obbererde nach unne und die Unnererde in die Mitte tun, des is de Trick!«

Für einen Moment hielten die anderen verblüfft inne, bevor jetzt alle vier wie wild durcheinander brüllten.

»Es kimmt uff de Same an. Wann de Samen nix taugt, isses alles scheiße!«

»Hauptsache, du hältst deinen da raus!«

»Man muss Mineralien neitun, sonst verschimmeln einem sämtliche Blummetöpp!«

»Des Einzische, was hier schon längst verschimmelt is, bist du!«

»Ich sag euch, wenn du Läuse im Obstbaum hast, kannsten gleich kahlsäsche!«

»Deswesche hast du auch 'ne Glatze, gell?!«

Ja, da saßen sie. Sam, Meikel, Pepe und Frohmuth Udo,

den alle der Einfachheit halber Frodo nannten. Seit gut einem Jahrzehnt kannten sie sich jetzt schon, so lange arbeiteten die vier nämlich hier im Baumarkt Pfeiffer in der Gartenabteilung.

Und auch wenn ihre Auseinandersetzung heute mal wieder so klang, als würde es gleich zu Handgreiflichkeiten kommen, wusste jeder hier in der Kantine, dass dem bei Weitem nicht so war, im Gegenteil! Das Thema Garten war nämlich ganz einfach ihre gemeinsame Leidenschaft, und mit der gleichen Innigkeit, mit der sie hier saßen und diskutierten, führten sie auch ihre Abteilung, die nicht zuletzt deswegen als das Schmuckstück der Firma galt. Und in den letzten Jahren gleich dreimal hintereinander die Auszeichnung für die beste Abteilung sowie, was noch viel spektakulärer war, für den besten Mitarbeiter des Hauses erhalten hatten. Erst Sam, dann Meikel und darauf Pepe, der also aktueller Titelinhaber war. Und so eine Serie sollte was heißen, denn der Baumarkt war der mit Abstand größte im ganzen Landkreis, allein das Hauptgebäude erstreckte sich über vierzig Hektar, dazu kamen die später angebauten Nebengebäude, diverse Lagerhallen, die zweistöckige Garage für den Fuhrpark usw.

Vor allem verfügte er aber über die höchste Angestelltenanzahl weit und breit, was diese Auszeichnung so besonders machte. Wobei das, was man dann erhielt, noch besonderer war!

Das Objekt der Mitarbeiterbegierde war nämlich ein Ring. Genauer gesagt: ein Duschring. Aber keiner aus Plastik. Nein, dieser war aus echtem Gold und zusätzlich mit einer Gravur und genauso echtem Platin veredelt: dem Logo des Baumarktes Pfeiffer, einem silbernen Spachtel. Wobei es nicht jedes

Jahr ein neues weiteres Exemplar davon gegeben hatte, nein, es war über die vielen Jahre immer ein und derselbe Ring. Und sobald ein neuer Mitarbeiter des Jahres auserkoren worden war, wurde der Ring auf dessen Fingergröße umgearbeitet, sodass ihn sein Träger für die nächsten zwölf Monate stolz an seiner Hand präsentieren durfte.

So wie die drei, die sich diese Ehre in den letzten Jahren hatten teilen dürfen. Jetzt fehlte eigentlich nur noch Auszeichnung Nummer vier und die Wahl Frodos zum MdJ, und es wäre ein Triumph für die Ewigkeit. Denn keine einzige der anderen Abteilungen, ob die Fliesen, die Werkzeug, die Füllstoff, die Dachrinnen oder Farben und Lacke oder wo sonst noch Menschen die hellbraunen Overalls mit dem großen Spachtellogoaufdruck tragen durften, hatten in der langjährigen Geschichte des Marktes je auch nur zweimal hintereinander so etwas erreicht. Was das Ganze aber dieses Jahr noch viel aufregender machte, als es ohnehin schon war, war die Bekanntmachung der Geschäftsleitung, dass man angesichts des anstehenden zwanzigjährigen Jubiläums den Ring ein letztes Mal den Besitzer wechseln lassen wolle und dass er dann diesem für immer gehören würde. Und da es zudem keinerlei Hinweise darauf gab, ob es denn danach wieder einen neuen Ring geben würde, wuchs die Bedeutung der diesjährigen Ehrung ins Uferlose!

Bemerkenswert war, dass all das unsere vier Freunde gar nicht so recht interessierte, geschweige denn dass sie darauf spekulierten oder sich gar deswegen besonders anstrengten. Nein, ihr Engagement war echt, die Leidenschaft für Gartenpflege ihr Motor. Was wahrscheinlich auch der Grund für all diese Erfolge der letzten Jahre gewesen sein dürfte, denn oftmals war es ja so, dass es am besten lief, wenn man es gar nicht darauf anlegte!

»Wann du e Blummezwibbel verkehrtrum eipflanzt, dann wächst die Blume ja desdewesche net nach unne, sonnern wird versuche, sich in de Erd zu drehe, um nach obbe zu wachse!«

»Was du besser auch mal gemacht hättst, du Pimpf!«

»Oh, Herr Ein Meter zehn, hör ich da vielleicht Neid raus, weil ich einen Viertelkopp größer bin?«

»Ein Zentimeter is ja wohl kein Viertelkopp, es sei denn, man ist 'ne Ameise!«

Lachend schlugen sie auf den Tisch, dass es nur so krachte und allen anderen das Essen von den Gabeln sprang. Ihr gegenseitiges Aufziehen in Sachen Körpergröße gehörte zweifellos zu ihren Lieblingsritualen. Wobei keiner von ihnen auch nur ahnte, dass man seinerzeit in der Personalabteilung die Anordnung von ganz oben erhalten hatte, im Gartenbereich tatsächlich niemanden einzustellen, der größer als eins zwanzig war.

»Wenn die Kunden speziell in dieser Abteilung das Gefühl bekommen, von Zwergen bedient zu werden, steigert das unbewusst ihr Vertrauen, denn Zwerge und Garten ergeben ein in Deutschland immer noch homogenes Bild, das man gerne sieht! Und das wiederum wirkt sich positiv auf das Konsumverhalten aus!«

Da hatte der Marketingexperte, den man eigens aus den USA für solche Strategien ins Haus geholt hatte, absolut richtig gelegen, der Erfolg gab ihm auch Jahre später immer wieder recht!

Wie gesagt, die Stimmung der Gartenabteilungscrew, die man hinter vorgehaltener Hand auch gerne mal die »grünen Türstopper« nannte, war bestens, und die meisten der anderen Baumarktangestellten registrierten das anerkennend.

Was aber nicht »alle« bedeutete. Denn wo der Erfolg zu Hause ist, da wohnt auch immer irgendwo der Neid in der Nachbarschaft! In diesem Fall nur eine Etage höher, wo gerade ein sächsischer Wutorkan den Raum erfüllte, gegen den das Unwetter draußen wie ein freundliches laues Lüftchen wirkte.

»Meen Godd, Sie missen den Obflussstobben erst eenmol in en Dröpschen Eel didschn! Vorher gönnen Se doch gor nit beurdeiln, ob er bassen dud, Sie… Sie… Bimmel! Isch hab de Faggsen digge!«

Sebastian Sauron war mal wieder in seinem Element: Kundenbeschimpfung! Wenn es irgendwas gab, in dem er unschlagbar war, dann das. Natürlich würde die Bad- und Sanitärabteilung mit ihm als Leiter nie auch nur ansatzweise an einer der genannten Auszeichnungen kratzen können, aber dafür hatten seine Anfälle zumindest Kultstatus im ganzen Haus! Was zum einen an seinem Dialekt lag und zum anderen daran, dass man sein voll tönendes Organ auch ohne Verstärkung in sämtlichen Etagen hören konnte. Dass er an diesem Tag aber noch gereizter und wütender als sonst war, lag daran, dass ihm ein Vertrauter der Chefetage gerade eben gesteckt hatte, dass er trotz seiner fachlichen Qualifikation auch diesmal wieder mit keinem Preis rechnen dürfe und man überdies durchsickern habe lassen, dass auch dieses Jahr die Gartenabteilung – na, er wisse schon! Das wurmte Sauron, der nicht unbedingt zu den auffällig Reflektierenden gehörte. Zudem hing er, von allen Selbstzweifeln unangefochten, der Überzeugung an, dass er seit seiner Lehrzeit mit abgeschlossenem Meister in der Firma mit dem lustigen Namen »Wasser- und Sanitärfüchse Weber« in Meußlitz-Zschieren, einem Stadtteil im Osten von Dresden, zu den Besten überhaupt gehörte und er deswegen eigentlich für die niedrigen Tätigkeiten in diesem Baumarkt komplett überqualifiziert war.

»Dös gann nüch angöhn, dös gann nüch angöhn. Imma wider diese Arschgrampen von der Gordenöpdeilung. Üsch gönnt grad 'ne Bemme an de Wand ballern, so enen Hoss hob isch! So enen Hoss!«

Und damit war nicht der Dicke aus »Bonanza« gemeint, sondern Hass! Menschen wie Sauron wurden nicht zornig oder waren vielleicht ein bisschen neidisch, nein, Menschen wie Sauron hassten! Und beanspruchten außerdem ohne Wenn und Aber immer uneingeschränkte Anerkennung. Und jeder, der sich diesen Ansprüchen irgendwie in den Weg stellte, musste laut seinem Gerechtigkeitsdenken aus dem Weg geräumt werden! Natürlich war das aber im Fall der vermaledeiten Gartenabteilung nicht so einfach, denn dort machten die Jungs ein gutes Sechstel der Gesamtumsatzes aus, was bei der großen Anzahl von Angebotssektionen beachtlich war!

»Dies Johr loss üsch mür wos einfollen, denen schlaimischen Scheiorrlabbm wird üsch mol richdch de Middorrnachdswase (sächsisch für Nachttopf!) über ihre dräckischn Göbbe ziehn, doss die digge Glubbschoochen begommen!«

Wie immer, wenn er einen seiner dunklen Pläne schmiedete, setzte er sich auf eines der WC-Ausstellungsstücke und zündete sich eine Reval an, deren dicker Qualm seine martialische Mimik eindrucksvoll in Szene setzte. Niemand, nicht einmal die Jungs von der Haus-Security, hätten ihn in diesem Moment darauf hingewiesen, dass es im Haus ein strenges Rauchverbot gab. Nein, Sebastian Sauron war in diesen Momenten der Unansprechbare, abgetaucht in die tiefsten und abscheulichsten Niederungen seiner hausgemachten Kopfhölle! In der das Feuer des Bösen diesmal so bedrohlich brannte wie nie zuvor!

Die zwei Türme

Es waren noch gut drei Wochen bis zum Jubiläum und der Bekanntgabe der Mitarbeiterauszeichnungen, und beides warf seine Schatten voraus. Das Jubiläum gar im wahrsten Sinne des Wortes, denn eigens zu diesem Anlass hatte man einen zehn Meter langen aufblasbaren Spachtel anfertigen und oben unter der Decke des Hauptgebäudes anbringen lassen. »20 Jahre Pfeiffer, na, wer sagt's denn!«, stand darauf.

Und während das Symbol des Hauses also über allen Köpfen schwebte, nahm auch das kollektive Streben nach dem Ring merkbar zu. Selbst wenn die aus der Gartenabteilung angeblich favorisiert waren, war das Rennen ja trotzdem noch nicht entschieden, also legten sich alle noch einmal schwer ins Zeug. Was im Klartext hieß: auffällige Sonderaktionen um jeden Preis, um so bei der Geschäftsleitung noch mal ordentlich zu punkten!

In der Farbenabteilung zum Beispiel hatten sie zwischen den Regalen Dutzende von Staffeleien inklusive Leinwänden aufgestellt, auf denen Kunden ungehemmt Ton und Effekt eines jeden Lackes oder einer Wandfarbe ausprobieren durften. Was bei nicht wenigen tief vergrabene Kindheitsreflexe freilegte, sodass man ständig erwachsene Menschen dabei beobachten konnte, wie sie mit verklärtem Blick und auf die herausgestreckte Zunge beißend mit knallgelbem Heizungslack dicke Sonnen malten, denen sie dann auch noch mit Acrylfarbe aus der Dose fröhliche Gesichter sprühten. Um dann allen Umstehenden stolz zu erklären: »Sonne!«

Und auch wenn letztendlich der Umsatz während dieser Mal- und Sprühtage nicht nur nicht gesteigert wurde, sondern genau genommen aufgrund der hunderte dafür verbrauchten Dosen und Tuben um fast die Hälfte zurückging, es zudem kilometerweit nach chemischen Stoffen roch, die man übrigens den Mitarbeitern noch Wochen später im Urin nachweisen konnte, war es dennoch eine durchaus muntere Aktion, die bei vielen Kunden die Sympathie für Pfeiffer noch erhöhte und deshalb auch seitens der Geschäftsleitung unter allen Strichen durchaus positiv bewertet wurde.

Und wem schon dieses Klecksfestival gefallen hatte, der musste nur einen Gang weiter gehen, wo man in der Werkzeugabteilung den Boden vereist hatte, um dort eine mehrtägige Curling-Meisterschaft zu veranstalten. Nur dass man statt der üblichen Curling-Gleitsteine große Vorschlaghämmer übers Eis schob.

Zog man den Sturz dieses extrem uneinsichtigen Rentners (»Der Eisscheiß interessiert mich net… ich brauch en Schraubstock, und den hol ich mir jetzt!«) und den damit verbundenen Oberschenkelhalsbruch mal ab, konnte man auch hier durchaus von einem Achtungserfolg in Sachen Publikumswirksamkeit sprechen! (Dass übrigens der Rentner aufgrund der Kompliziertheit des Bruches danach für mehrere Monate selber in einer Art überdurchschnittlichem Schraubstock lag, sei hier nur nebenbei erwähnt!)

Und auch in den anderen Gängen und Etagen des Baumarktes hatte die Motivation Kreativität freigesetzt. Gut, das »Zementmischen für jedermann« gehörte zugegeben nicht wirklich zu den glorreichen Ideen in diesen Tagen. Das fing schon bei der Tatsache an, dass die in dieser Zeit krankheitsbedingt unterbesetzte Crew gar nicht an allen aufgestellten Mischmaschinen gleichzeitig Aufsicht führen konnte, und endete mit dem tragischen Ende eines Chihuahuas, der in einem Anfall von Größenwahn kurzerhand aus der Handtasche seiner Besitzerin direkt in den Mischer gesprungen war, um diese lustig durcheinanderpurzelnden Brocken zu jagen. Worauf sich die Frau, um ihren Liebling zu retten, selber kopfüber in den Schlund der Maschine gestürzt hatte. Allein dank dem beherzten Eingreifen eines Zuschauers, der schnell entschlossen den Stecker aus dem Verlängerungskabel gezogen hatte, konnte Schlimmeres verhindert werden. Wobei man leidlich darüber streiten darf, ob der Verlust des geliebten Hundchens sowie der gesamten Kopfbehaarung aufgrund einer Komplettzementierung (die ein zufällig anwesender Steinmetz noch vor Ort abmeißelte) nicht auch schon schlimm genug war. Zumal die gute Frau übersehen hatte, dass das Mitnehmen von Hunden jeder Rasse im gesamten Markt natürlich verboten war und es daher keinerlei rechtliche Grundlage für eine Schadensersatzklage gab. Da tröstete der ausgestellte Gutschein in Höhe von zehn Euro wenig. Und auch das gut gemeinte Angebot des Steinmetzes, den Hund mit ein paar gekonnten Hammerschlägen wenigstens so weit »wiederherzustellen«, dass man ihn daheim ins Regal setzen konnte, hatte auf die Frau keinen tröstenden Effekt.

Aber ansonsten waren diese Aktionstage durchaus unter »Erfolg« abzubuchen.

Ob jetzt der Seilsprungwettbewerb im Gang mit den Aluminiumkabeln am laufenden Meter, dessen Bilanz mit lediglich zwei klaffenden Stirnwunden, einem halb abgetrennten Ohr, das aber sofort fachmännisch wieder angetackert worden war, sowie einer mittig zerteilten Brille von Prada bei rund zweihundert Teilnehmern durchweg positiv bewertet wurde. Oder auch die Didgeridoo-Bastelkurse, bei denen man Regenfallrohre aus Kunststoff sowie hochwertige Lochbohrer kostenlos zur Verfügung gestellt bekam und mit Glück und Talent sogar später noch mit seinem frisch erstellten Instrument einen Gastauftritt im Baumarktorchester draußen auf dem Parkplatz direkt neben den Unterständen für die Einkaufswagen hinlegen durfte!

Und auch die hübsch dekorierte kleine Bühne in der gerade erst vor wenigen Wochen neu eröffneten und gleich sehr erfolgreichen Berufsbekleidungsabteilung erfreute sich rasch immenser Beliebtheit. Denn dort konnte man in Kleidungsstücken seiner Wahl alle zwei Stunden unter der Regie eines ehemaligen Fernsehregisseurs (»Polizeiwagen ISAR 6« sowie eine dreiteilige Werbespotserie für Endloswindeln von MARIBU) an einem Laienschauspiel als Arzt, Krankenschwester oder Zimmermann teilnehmen. Da jede Vorstellung (wenn auch vollkommen zusammenhangslos) mit einer Performance des Village-People-Songs »Y.M.C.A.« endete, begeisterte man nicht nur das Publikum, sondern erfüllte den daran Teilnehmenden fast schon so was wie einen lang gehegten Traum. Denn ob Prokurist oder Straßenbahnschaffner, wer hatte nicht schon mal heimlich davon geträumt, als schwuler Cop neben einem schwulen Indianer oder Bauarbeiter hemmungslos in der Gruppe zu hopsen, sich dabei jauchzend in den Schritt zu fassen und für drei Minuten zu vergessen, wer man im eingeschränkten Spießerleben wirklich war.

Wie gesagt, an innovativen Einfällen mangelte es der Belegschaft ganz sicher nicht. Natürlich gab es auch geschmackliche Ausrutscher wie zum Beispiel die Idee von Sebastian Sauron, der tatsächlich anbot, dass man sich gegen eine Gebühr von zwanzig Euro auf einer der ausgestellten WC-Schüsseln sitzend fotografieren lassen konnte! Was mit Ausnahme einer fünfköpfigen japanischen Reisegruppe zwar keine weiteren Interessenten fand, aber zumindest einen schnellen Hunni in Saurons Kitteltasche zauberte.

Doch was zunächst keiner der vielen Angestellten hier im Baumarkt auch nur ansatzweise ahnte … die oberen Herren (Damen waren im Management seit Bestehen des Unternehmens Mangelware) hatten sich dieses Jahr noch etwas ausgedacht, mit dem sie die Leistungsfähigkeit und Qualitäten ihrer Angestellten noch auf eine ganz andere und durchaus weniger fröhliche Art auf den Prüfstand stellen wollten. Und so wurden eines Morgen in aller Herrgottsfrühe zwei Mobilfunkmasten auf dem Dach des Hauptgebäudes installiert, beide gute sieben Meter hoch, mit kleinen, glatten Steigeisen an den schmalen Seiten, die einem das Hochklettern zwar möglich, es aber auch höchst gefährlich machten. Das Staunen der Belegschaft war nicht schlecht, als sie beim Weg vom Parkplatz zu ihrer Arbeitsstätte plötzlich die zwei Ungetüme aus glänzendem Galliumnitrid über ihnen in den Himmel wachsen sahen. Natürlich beherrschte das Wie und Warum diesbezüglich die Gespräche, ganz egal, in welcher Ecke, welchem Gang oder Winkel man sich unterhielt.

Um zehn Uhr, eine Zeit, in der sich bei Pfeiffer wie immer noch deutlich weniger Kunden als Angestellte befanden, beendete dann eine Lautsprecherdurchsage das allgemeine Rätselraten, um dafür etwas anderes auszulösen!

»An alle Mitarbeiter! Wie Sie mitbekommen haben, haben wir auf unserem Dach zwei Mobilfunktürme installieren lassen! Wer von Ihnen es als Erster schafft, dort hinaufzuklettern, um jeweils an der Spitze, für alle gut sichtbar, ein für Ihre Abteilung typisches Utensil zu präsentieren, kann auf diesem Wege wertvolle Punkte in der Wettbewerbsrubrik »Abteilung des Jahres« sammeln! Zwei Türme, zwei Sieger, zwei Chancen! Startschuss dafür ist …«

Im gesamten Gebäude war es in diesem Moment so still, als ob es leer wäre, alle starrten gebannt auf die Lautsprecher an den Decken. »… jetzt!«

Galt bislang der Eröffnungstag des Baumarktes, an dem es seinerzeit alles (außer Tiernahrung) zum halben Preis gegeben hatte, als der definitiv hektischste in der Geschichte, wurde diese jetzt neu geschrieben. Ein Ameisenhaufen, in dem jemand Feuer gelegt hatte, war eine Ruhezone gegen das, was sich nun abspielte. Jeder, der Hellbraun mit Spachtel drauf trug, schnappte sich etwas, was ihm an seinem Arbeitsplatz in die Finger fiel, um im nächsten Moment nach draußen zu stürmen, wo bereits mehrere Aluleitern ausgefahren und so postiert waren, dass man erst mal auf das Dach kam, auf dem die zwei Türme standen. War der erste Schritt für die meisten noch ein lösbarer, stellte sie der zweite, nämlich das Entern eines der Masten, vor durchaus größere Probleme. Denn zum einen entpuppten sich die Steigeisen nicht nur als ausgesprochen glatt, sondern aufgrund ihrer winzigen Größe für jeden, der Schuhgröße über 34 hatte, als echte Geschicklichkeitsprüfung. Was es also fast unmöglich machte, möglichst flink nach oben zu klettern, vor allem wenn man währenddessen ständig von den Kollegen wieder nach unten gezerrt wurde. Dauernd versuchte ein anderer sein Glück. Mal mit einer Tapetenrolle unterm Arm, mal mit einer Gipsplatte in der Hand. Ob Fensterrahmen, Warndreieck, Hochdruckreiniger oder Sockelleiste – nichts, mit dem nicht einer versucht hätte, nach oben zu gelangen. Der aus dem Gang mit den Vorschlaghämmern hatte sich zwar kurz durchsetzen können und schien als Erster eine der beiden Spitzen zu erreichen, dann aber unterschätzte er das Gewicht des Geräts und die damit verbundene Zentrifugalkraft und stürzte aus drei viertel Höhe wieder nach unten. In kurzer Zeit entwickelte sich ein Hauen und Stechen, und von kollegialem Umgang oder der Verbundenheit unter Gewerkschaftern war nicht mehr viel zu spüren. Klar, dass auch die vier aus der Gartenabteilung feste mit dabei waren, auch wenn sie aufgrund ihrer Zierlichkeit zunächst nicht so recht am Rest vorbeikamen. Doch genau diese Zierlichkeit erwies sich dann doch wieder mal als Vorteil. Denn nachdem Frodo zum wiederholten Male einfach weggedrückt worden war, hatten die anderen ihm geschwind einen Gartenschlauch um die Hüfte gewickelt, um ihn im nächsten Moment mit großem Schwung über die Konkurrenz hinweg nach oben zu befördern. Ein bisschen wie beim Lassowerfen. Was funktionierte, denn schon war ihr Kollege flink auf dem Kletterweg in Richtung Spitze. Für einen Moment hielten alle inne und sahen irritiert nach oben, und genau das nutzte Sebastian Sauron, der sich zwei Toilettendeckel über die Arme gehängt hatte, mit denen er seinen Widersachern schmerzhafte Stöße ins Gesicht versetzte, während sie gleichzeitig eine Art Rüstung abgaben. Als also alle Blicke dem davonkletternden Frodo folgten, zog er dem Leiter der Elektroabteilung, der sich unter Zuhilfenahme eines Industriesaugers eine gute Ausgangsposition verschafft hatte, mit dem links getragenen Deckel eins von hinten über den Schädel und erklomm so die Steigeisen, die ihm den Weg nach oben ebneten. Kurz drauf standen Frodo und er auf den jeweiligen Spitzen. Der eine triumphierend einen Gartenschlauch von Hülsa, der andere zwei Toilettendeckel von Villeroy & Boch in die Höhe stemmend.

Der Kampf um die zwei Türme war entschieden!

Die Rückkehr des Königs

Während alle nun die letzten Tage bis zur Entscheidung runterzählten, um dabei jede Gelegenheit zu nutzen, noch mal mit irgendetwas die da oben für sich zu erwärmen, machte parallel dazu ein unangenehmes Gerücht die Runde. Das sich schneller verbreitete als das gern zitierte Lauffeuer. Gollomle sei auf dem Weg zurück. Was nicht gerade Jubelstürme auslöste, denn wenn sie hier außer Sauron noch jemanden fürchteten, dann Walter Gollomle. Natürlich wusste jeder, dass er vor vielen Jahren diesen fiesen Unfall gehabt hatte und dass man nichts für sein Aussehen konnte, wenn man mit schweren Verbrennungen aus einem in Flammen stehenden 83er Nissan-Wohnmobil gezogen worden war. Aber trotz aller rationalen Erklärungen war ihnen der Mann aufgrund seiner skurrilen Erscheinung, gepaart mit dieser hohen schwäbischen Stimme, unheimlich. Zumal der Unfall offensichtlich auch durchaus Folgen für seinen Geistes- und Gemütszustand hatte. Nicht selten stand er plötzlich wie aus dem Nichts hinter einem, um einen mit seinem schiefen, hässlichen Gesicht bedrohlich anzustarren und Dinge zu sagen wie: »Hanoiiii, bischt scho wieder am Däumle drehe?« oder »Wenn d nedd glei aus maim Gängle nausgösch, noh henk i dr s Greiz aus, dass dain Ärschle en dr Schleng hoimdrage muasch, noh schlag i di ogschbitzt en Bode nai!« Was so viel hieß wie: »Wenn du nicht sofort aus meinem Gang verschwindest, hänge ich dir das Kreuz aus, dass du deinen Hintern in der Schlinge nach Hause tragen musst … und dann schlag ich dich ungespitzt in den Boden!« Was zwar überhaupt keinen Sinn machte, weil ihm in diesem Baumarkt weder was gehörte noch irgendeiner der Angestellten Gollomle untergeordnet war. Aber was nutzt einem dieses Wissen, wenn da einer mit einer verbrannten Monsterfresse in buckliger Haltung bedrohlich vor einem steht und einem in höchsten Frequenzen hässliche Dinge an den Kopf wirft. Nein, Gollomle war gefürchtet! Auch weil man so wenig über ihn wusste! Es gab offensichtlich keine Familie, keine Verwandten und schon gar keine Freunde, was nun allerdings niemanden auch nur ansatzweise verwunderte.

Bemerkenswert war, dass offensichtlich auch die Geschäftsleitung inklusive Geschäftsführer Georg Andalf, dem eigentlichen Chef, gegenüber Gollomle großen Respekt hatte, denn auch wenn keiner nach seinem Unfall gewusst hatte, wie lange er ausfallen würde, hatte sich dennoch niemand getraut, einen neuen Hausmeister einzustellen. Man hatte das Amt einfach so lange unbesetzt gelassen. Und jetzt stand er, aller kollektiven Hoffnung zum Trotz, anscheinend kurz vor seiner Rückkehr.

Dass die Stimmung im Markt aufgrund der anstehenden Auszeichnung sowie des bevorstehenden Wiedersehens mit dem allgemein verhassten Hausmeister nicht unbedingt heiter war, erschien nachvollziehbar.

Aber dass das Klima in einem Unternehmen noch sehr, sehr viel schlechter sein kann, konnte man nur unweit, ein paar Kilometer stadteinwärts, im Berufbekleidungshaus Klamm sehen! Dort hatte der Geschäftsführer, Herbert Klamm (»großes K, kleines Lamm!«) seinem Namen alle Ehre gemacht und soeben der versammelten Mitarbeiterschaft, immerhin gut dreißig Personen, erklärt, dass der Umsatz in den letzten Monaten dramatisch zurückgegangen sei und Entlassungen deswegen unvermeidbar seien. Schuld daran hätte die neu eröffnete Berufsbekleidung bei Pfeiffer, deren Angebote und Preise man beim besten Willen nicht unterbieten könne. Sofort mischte sich Wut in die Enttäuschung der Leute, was Klamm darin bestätigte, alles richtig gemacht zu haben. Nämlich von seinem eigenen kaufmännischen Versagen abgelenkt und denen bei Pfeiffer stattdessen die Arschkarte zugeschoben zu haben. Der Zusatz, dass man dort seines Wissens nach sogar die Löhne über Tarif angehoben hatte, war schließlich das Tüpfelchen auf dem i, denn kurz drauf machte sich ein aufgebrachtes, wildes Rudel in Richtung Baumarkt auf. Und wie es manchmal mit der Eigendynamik so ist, schlossen sich ihnen schon nach wenigen Metern die Mitarbeiter von Leckerbäcker Bornemann an, in deren Geschäft es auch nicht so gut lief, was hundertprozentig an der Backtheke im Eingangsbereich des Baumarktes lag. Keine weiteren hundert Meter hatten sich noch die Belegschaft des Schuhhauses Kern, die Betreiber eines von der Insolvenz bedrohten Wettbüros, ein gutes Dutzend extrem geschminkter Douglas-Verkäuferinnen, ein Obsthändler mit seinem Stiefsohn, die Pizzabäcker vom Peperoncino, das komplette Team der Pietät Nock, ein gutes Dutzend roter Overallträger vom Opti-Reifendienst sowie eine Clique russischer »Freiberufler« angeschlossen, die zwar nicht verstanden, um was es so genau ging, deren Tagesablauf aber durchaus flexibel genug war, bei einer offenbar blutrünstigen Meute einfach mal mitzulaufen. Und so kam es, dass schon rund zehn Minuten später eine gute Hundertschaft (es hatten sich kurz vor Erreichen des Marktes noch die Insassen eines Reisebusses aus Mecklenburg-Vorpommern dazugesellt, denen das bisherige Sightseeing definitiv zu dröge gewesen war) das Hauptgebäude von Pfeiffer kurzerhand erstürmte. Für einen kurzen Moment registrierten die Pfeiffer-Angestellten die plötzlich hereindrängende Menschenmasse mit Freude, ging man doch im ersten Augenblick davon aus, dass es sich um einen besonders großen Kundenansturm infolge der frisch verteilten Prospekte mit den vielen unschlagbaren Sonderangeboten handelte. Als aber die Mitarbeiter vom Berufsbekleidungshaus Klamm zielstrebig ihre Konkurrenz aufsuchten, um ohne Vorwarnung auf diese einzudreschen und deren Bestände anzustecken, war allen klar, dass das hier kein besonders umsatzträchtiger, sondern eher schwieriger Tag für den Baumarkt Pfeiffer werden würde.

Schon wenige Minuten später stand eines unweigerlich fest: In keinem Waffenlager der Welt lagern so viele Waffen wie in einem Baumarkt. Von Millionen von Schrauben als Wurfgeschosse über Hämmer, Massivholzdielen oder Grillzangen bis hin zu Kettensägen oder spitzen Gardinenstangen – nichts, was man im Kampf nicht hätte gebrauchen können. Und so entwickelte sich an diesem Vormittag die härteste und brutalste Schlacht, die es je an einer Stätte wie dieser gegeben hatte.

Die tapferen Mitarbeiter von Pfeiffer, so schien es, gegen den Rest der Welt. Auch unsere vier kleinen Freunde mussten, obwohl sie Gewalt verabscheuten, mit in den Kampf. Wobei sie bei den zwei mit Schirmen prügelnden Rentnern aus Schwerin noch vor einer durchaus lösbaren Aufgabe standen. Was Sebastian Sauron nun nicht gerade von sich behaupten konnte, da sich seiner ausgerechnet die Russen angenommen hatten, die ihn jetzt auf unerfreuliche Art und Weise mit den verschiedenen Beschichtungen der Toilettendeckelserie »Galant« konfrontierten, und er schnell begreifen musste, dass ihn selbst sein wütendes Geschrei nicht wirklich weiterbrachte. Im Gegenteil, einige der Russen erinnerte sein Sächsisch an ihre Zeit im Untersuchungsgefängnis Dessau-Roßlau, was ihre Angriffswut noch durchaus steigerte.

War schon der harte Kampf um die zwei Türme ein zähes Ringen mit unangenehmen Fouls und schmerzhaften Langzeitfolgen, so zeigte sich nun, dass der im Vergleich zum heutigen Gemetzel nicht mehr als ein nettes Tête-à-Tête unter Kollegen gewesen war. Es schien die unendliche Schlacht der Schlachten werden zu wollen, bei der längst die letzten Restposten von Mitgefühl oder Skrupel in einem Meer der Gewalt versunken waren. Selbst ehemals friedliche Pizzabäcker oder duftende Damen in pastellfarbenen Douglas-Kostümen hatten sich nun in einen wahren Blutrausch gesteigert.

Natürlich hatte auch irgendjemand die Polizei angerufen, aber als die zwei Insassen des Streifenwagens sahen, was sich hier abspielte, beschlossen sie kurzerhand, am Ortsausgang auf der anderen Stadtseite ausländische LKWs auf Mautvignetten zu kontrollieren. Nein, das hier war aussichtslos entglitten! Und auch wenn schon bald keiner mehr wusste, warum er hier seinem Gegner mit einem Alubriefkasten eins überzog, bevor der ihm per Bolzenschneider ans Eingemachte ging, so war klar, dass niemand dies alles hätte stoppen können.

Bis auf einen! Dessen alles übertönende hohe Stimme der gesamten Kämpferschaft urplötzlich so eindringlich durch Mark und Bein fuhr, dass tatsächlich alle, aber wirklich alle in ihren Kampfbewegungen innehielten …

»Jo, saids ihr denn komplettle durchknalled, ihr goisteskrangete Drecksbolla, ihr darhergloffene Arschkipfn, ihr Halbdaggl, Sauhammel und Hannewaggl! Ihr legst jo mein gonzes Baumärktle in Schüttle und Äschle … Ich zeich euch jedzd mol, was i mid Verbrecheret wie euch mache!«

Walter Gollomle! Wie auch immer er da hoch auf den

schwebenden Spachtel gekommen war, jetzt stand er da oben und sah noch bedrohlicher und wütender und unberechenbarer und furchtbarer aus als sonst. Seine fast freiliegenden Gesichtssehnen glühten hellrot zwischen seiner aschgrauen runzeligen Haut, und die oft eher trüben Augen funkelten plötzlich wie die eines in die Enge getriebenen Drachens. Gollomle war so aufgebracht und aggressiv wie nie zuvor, und jeder der Kämpfer da unten spürte das! Wie paralysiert starrten alle zu ihm. Sahen, wie er den Kopf zurücklegte, tief Luft holte, um dann einen Schrei loszulassen, wie man ihn noch nie aus der Kehle eines einzelnen Menschen je vernommen hatte. Der Klang dieses Schreis wurde immer schriller, und tsunamiartig eroberte er sämtliche Räume. Die großen Glastüren am Eingangsbereich zersplitterten, die gläserne Backtheke platzte, und jede Menge Trommelfelle taten das auch! Und schon stürmte alles laut schreiend und voller Panik aus dem Gebäude. Als Gollomle seinen Schrei beendete, war kein einziger Mensch mehr im Baumarkt. Nur noch er auf dem hin- und herschwingenden Plastikspachtel. Ja, er hatte als Hausmeister schon so manche kniffelige Situation bereinigen können, aber das hier war auch für ihn was Neues. »Aba i henns gut glöst!«, murmelte er zufrieden, während sich die ersten Pfeiffer-Mitarbeiter langsam wieder hineintrauten und ihm zunächst zaghaft, aber schließlich stürmisch Applaus spendeten, während er sich seinen alten Hausmeisterkittel abklopfte. Was viele als besonders lässige Geste interpretierten, was in Wirklichkeit aber damit zu tun hatte, dass er beim Schreien ein bisschen gesabbert hatte!

Ein paar Tage später war es so weit, die Ehrungen standen

an. Die Geschäftsleitung hatte alles noch einmal gründlich überdacht.

Den Preis für die beste Abteilung bekam überraschend die für Baustoffe, da man aufgrund des Zwischenfalls an der Zementmaschine auf die Idee gekommen war, Chihuahuas aus Leichtzement in den Regalen neben der Kasse anzubieten, was sich als ein echter Renner entpuppt hatte. Den edlen Ring für den Mitarbeiter des Jahres bekam natürlich Walter Gollomle. Weniger, weil er die Schlacht gegen die Angreifer allein entschieden hatte, sondern weil alle tierisch Schiss hatten, dass er bei Nichtberücksichtigung noch einmal so einen Anfall bekommen könnte wie da oben auf dem Spachtel. Kurzerhand hatte man auch noch einen Ehrenpreis für langjährige Verdienste eingeführt, den man postum Sebastian Sauron verlieh, den man beim Aufräumen nach dem Gemetzel kopfüber in einer dieser stabilen WC-Schüsseln aus Sanitärporzellan gefunden hatte. Und der so, wenn auch erst nach seinem Ableben, doch noch seine Auszeichnung erhalten hatte.

Unsere vier Freunde gingen also leer aus an diesem Tag. Aber was sollte sie das grämen? Sie hatten sich und ihre gemeinsame Leidenschaft, und das war es, was zählte …

»Mittelerde! Des Entscheidende is doch, wie es um die Mittelerde bestellt ist!«

»Quatsch, ob Mittelerde oder net … Du kannst doch en Butterblümsche net mit Sonneblumme zusammepflanze, die krieht doch überhaupt kein Licht bei dem große Schwengel!«

»Pass uff, dass ich dir net gleich ma meinen großen Schwengel zeisch! Butterblümsche lieben es, mit annern Blumme zusammegesetzt zu wern … des is doch allseits bekannt!«

»Ja,ja, nur weil du des Format wie en Butterblümsche hast und gern in Gesellschaft bist!«

»Ihr habt kei Ahnung ...!«

»Ich kann dir gleich ma zeische, wer hier Ahnung hat ...!«

»Oh, hört, hört ... Dann vergiss aber net, uff de Stuhl zu klettern, damit mer dich auch sehe könne!«

»Des sacht ja grad der Richitsche! Wisst ihr, warum de Frodo immer lacht, wenn er durch de Garte läuft?«

»Sach schon!«

»Weil ihn dann es Gras am Arsch kitzelt!«

Nein, der Stimmung in der Gartenbauabteilung hatten die Ereignisse der letzten Tage keinerlei Abbruch getan ...

Der Medicus

Wieso Noah Gordon seinen Roman im 11. Jahrhundert spielen ließ, warum er von Bader-Chirurgen und Aderlässen erzählte und wie einer durch die Türkei reisen konnte, obwohl es diese zu der Zeit noch gar nicht gab, bleibt wohl für immer sein gut gehütetes Geheimnis.

Kein Geheimnis ist es aber mehr, wie es wirklich gedacht war…

Die Blaskapelle spielte jetzt ungefähr zum zehnten Mal »Rosamunde«, aber anstatt dass das beim Publikum vielleicht einen gewissen Unmut hätte erzeugen können, sorgte genau diese ständige Wiederholung des zelterprobten Gassenhauers für eine Stimmung, die mittlerweile längst von ausgelassen in hysterisch gewechselt war. Natürlich kam hinzu, dass es an diesem Tag im August so heiß war wie im ganzen Jahr zuvor nicht und dass den Leuten das Bier und die Schnäpse noch viel schneller in den Kopf stiegen als sonst. In dem kleinen Roet-Kreuz-Zelt ein paar Meter hinter dem Festzelt war es dafür bislang erstaunlich ruhig gewesen. Ein, zwei kleine Verletzungen, ein verdrehter Knöchel und eine Schnittwunde durch ein in die Brüche gegangenes Maßglas – das war es auch schon. Dementsprechend angeödet saß Reno in dem leicht knarrenden Klappstuhl und langweilte sich. Was immer die Leute hier in diesem bayerischen Kaff auch daran fanden, in albernen Lederhosen oder Dirndln zu schlimmer Musik herumzuhopsen und dabei eigenartige Laute von sich zu geben… jemandem wie ihm, einem aus Celle in Niedersachsen, würde sich das auch in hundert Jahren nicht erschließen. Nicht, dass sie in Celle nicht auch feiern und saufen würden, als gäb's kein Morgen, das sehr wohl. Wie oft hatten seine Kumpel und er sich schon die Mütze weg- beziehungsweise die Lampen ausgeschossen. Aber, wie Reno fand, mit mehr Stil. Kopfschüttelnd zog er erneut die Kopfhörer seines iPod auf. Natürlich hatte er sämtliche »Angry Birds«-Levels längst schon mehrmals geschafft, aber einfach nur vollkommen tatenlos dazusitzen und den Kopf in Richtung des Tischventilators zu halten, erschien ihm auch nicht der passende Zeitvertreib, solange er Dienst hatte.

Und so hörte er auch nicht die auf dem Kiesweg näher kommenden, schlurfenden Schritte und bemerkte auch nicht gleich, wie jemand das kleine Zelt betrat. Erst als sich ein Schatten auf das Display legte, sah er auf. Vor ihm stand ein Mann. Groß, so um die fünfzig, schütteres Haar, in bayerischer Tracht. Reno nahm die Kopfhörer ab und schaute den Mann unfreundlich an. Denn auch wenn es für einen Sanitäter eigentlich unergiebig war, nur die Zeit abzusitzen, hatte er sich dennoch gerade so langsam daran gewöhnt. Ganz abgesehen davon, dass dies heute die letzte Veranstaltung im Zelt nebenan war und er morgen wieder nach Hause reisen würde.

»Was gibt's denn?«, fragte er unwirsch.

Worauf ihm der Bayer den Rücken zukehrte.

»Des do!«

Reno staunte nicht schlecht, denn rechts oben, im Bereich des rechten Schulterblattes, steckte ein großes, langes Holzteil.

Reno hatte in seinen Jahren als Sanitäter schon einiges gesehen, aber das hier war neu. Fassungslos starrte er auf das Holz. Der Mann drehte sich nun wieder um und schaute den jungen, dicken Mann in den roten Hosen und dem weißen Polohemd mit dem DRK-Logo auf der Brust fragend an.

»Un … wos machn mia?«

Jetzt war es Reno, der fragend schaute.

»Weiß nicht … was is das denn überhaupt?«

»I konn es ja ned sehn!«

So ganz langsam löste sich Renos erste Schockstarre. Er erhob sich unter lauten Begleitgeräuschen des Klappstuhls und stellte sich hinter den Mann.

»Und, Herr Doktoa … was is dös?«

Reno beugte sich jetzt nach vorne, um das Ding besser betrachten zu können.

»Sieht aus wie ein … wie ein … Stück Holz.«

»Is es a Axt?«

Erneut beugte Reno sich vor.

»Nein, es ist ein rundes Stück Holz, das da in Ihrer Schulter steckt. Keine Axt. Nur Holz!«

»Komisch. I weiß ned moi, wia es dahin kumma is. Und schon gar ned, was des sei konn …«

»Sieht ein bisschen aus wie diese Holzpflöcke, die man Vampiren ins Herz haut, damit sie endgültig … na, Sie wissen schon!«

»I bin aba koa Vampir! I bin Niederbayer! Außerdem sitzt mein Herz auf der andern Seitn!«

»Da haben Sie recht! Und Sie haben ehrlich keine Ahnung, wie es dahin gekommen ist?«

»Na! Plötzlich hob i so an Drückn gespürt, und dann wor es da!«

Reno berührte das Holzteil jetzt erstmals.

»Tut das weh?«

Der stämmige Mann schüttelte den Kopf.

»Na, es zwickt leicht, aber a Schmerz isses net.«

»Das Erstaunliche ist, dass es so tief und kompakt in Ihrem Rücken steckt, dass kaum Blut ausgetreten ist. Nur ein bisschen, und das ist bereits getrocknet!«

»Interessant!«

»Warten Sie mal …«

Reno meinte, etwas entdeckt zu haben.

»Da steht was auf dem Holz!«

Eilig holte er eine Lupe aus seinem Instrumentenkoffer. Kopfschüttelnd las er den Schriftzug. »IKEA! Das ist ein Stuhlbein! Und zwar von einem Küchenstuhl.«

Er las noch mal.

»Stuhl Ingolf. Von IKEA!«

»Wos? I war doch noch nie bei IKEA!«

»Nein? Ach so. Hm.«

Für einen Moment schauten sich beide ratlos an.

»Und dass Ihnen das einer vielleicht vorne im Zelt reingerammt hat?«

»Jo, aba i wüsst net, wer.«

»Keine Feinde?«

»I? Na. Ned wirkli!«

Schon folgte die nächste Ratlosigkeitspause. Das Ganze war aber auch eine schwierige Angelegenheit.

»Aba moi was anders … hobn Sie a Bier da?«

Reno deutete auf die Kühlbox, die neben dem Eingang stand. Der Bayer öffnete sie und holte zwei Flaschen Weißbier hervor.

»Moagst oans?«

Normalerweise war es Sanitätern strengstens untersagt, während des Dienstes zu trinken, aber das hier war eine Ausnahmesituation, und außerdem war das Bier vermutlich optimal gekühlt. Schon stießen sie an.

»Woarn Sie schon amoal bei IKEA?«

»Ja, ein paarmal. Aber nicht hier in der Gegend, sondern zu Hause!«

»Wo kumma Sie denn her?«

»Aus Celle!«

»Aha!«

Der eben noch entspannte Gesichtsausdruck des Bayern wich blitzartig einer aggressiven Miene.

»Dann warn Sie dös ja vuileicht!«

»Was?« Reno war irritiert. »Wieso sollte ich das denn plötzlich gewesen sein?«

»Na, wenn Sie direkt aus am Knast kumman!«

Jetzt begriff er.

»Nein, ich war nicht in einer Zelle … ich komme aus der Stadt Celle! Mit C!«

»Wo soll'n des sei?«

»Na, in Niedersachsen!«

»Sagglzemendd! Und was machn Sie dann auf am boarischn Feiawehrfest?«

»Das hab ich mir nicht ausgesucht, das gehört zur Ausbildung. Einmal zwei Wochen in einem anderen Bundesland.

Keine besonders sinnvolle Vorschrift, aber was soll ich machen?«

Sein Gegenüber betrachtete ihn immer noch skeptisch, während er einen tiefen Schluck aus seiner Flasche nahm. Ein aus dem Gefängnis ausgebrochener Preuße, der ihm heimtückisch das Stuhlbein eines nordischen Möbelherstellers in den Rücken gestoßen hatte, das wäre eine plausible Erklärung gewesen. Schade! In den letzten Minuten hatten beide fast vergessen, warum sie hier eigentlich saßen, aber jetzt meldete sich wieder Renos Sanitäterpflicht in ihm.

»Ich kann es Ihnen jedenfalls nicht rausholen!«

»Wos?«

»Na, das Stuhlbein in Ihrem Rücken!«

»Des von IKEA?«

»Genau das. Es sei denn, es steckt noch irgendwo eins, das Sie mir verschwiegen haben.«

Der Sanitäter, der eigentlich bald Feierabend hatte und den die Misstrauensattacke des Bayern auch irgendwie gekränkt hatte, spürte eine gewisse Gereiztheit.

»Wie gesagt, ich kann es Ihnen nicht rausholen, weil es zu tief drin steckt. Und weil ich Angst habe, dass Sie dann wieder Blut verlieren. So ist die Stelle zumindest dicht!«

»Wos machen mia dann?«

»Sie müssen in ein Krankenhaus, damit man Ihnen das rausoperiert!«

»Ja, aba dann feiern de hia ohne mi zua Ende. Mit am Feiarwerk heid Nacht! Na, des kommt ned in Froge!«

Renos Mimik verriet nun eine gewisse Abschätzigkeit.

»Ja, aber so geht das auch nicht! Sie können es ja nicht sehen, aber das sieht echt nicht besonders … besonders appetitlich aus!«

»Hoam Sie an Spiegel?«

Kurz drauf betrachtete sich der Mann in einem Handspiegel, der zwar klein war, ihm aber genügend Sicht auf seinen Rücken verschaffte.

»Wos a Bolzn … leck mi om Orsch!«

»Sag ich doch, damit können Sie nicht wieder zurück ins Zelt!«

»Ja, aber wos machen mia?«, fragte der Mann in der Tracht nun bereits zum dritten Mal, wobei zum ersten Mal eine Art Bitten in seinem Blick lag. Was wiederum von Reno nicht unbemerkt blieb, der jetzt nachdenklich sein Kinn kraulte.

Ein paar Minuten später betrat ein Bayer in der landestypischen Kluft und mit einem zufriedenen Grinsen das Festzelt, in dem es immer noch hoch herging. Für die anderen Besucher sah es fast so aus, als würde da einer mit einem Stock im Rücken daherkommen, was natürlich nur »a Moardsgag« sein konnte, einer von diesen Scherzartikeln. Entscheidend aber war, dass daran ein Fähnchen mit den hier gern gesehenen blau-weißen Rauten befestigt war, das fröhlich hin und her flatterte!

»Noch eine gute Stunde, dann kommt der Kollege und löst mich ab«, murmelte Reno ein paar Meter weiter und widmete sich dem nächsten »Angry Birds«-Level, während die ersten Feuerwerkskörper den Abendhimmel erleuchteten.

Dracula

Hier gilt eigentlich das Gleiche wie bei Frankenstein. In allen Geschichten, ob jetzt in Bram Stokers Original oder aber auch in allen weiteren Varianten, hatte man den Fürsten der Vampire am Ende für tot erklärt, sei es durch Zerfall bei Sonnenlicht oder einen Pfahl ins Herz. Leider Quatsch!

Begeistert hatte er die junge Frau entdeckt, als diese gerade im kleinen Innenhof die Damentoilette suchte.

»Hmmm … genau meine Kragenweite!«, dachte er und lächelte glücklich.

Kurz darauf, nachdem Luzie, so hieß das junge Ding, den Waschraum wieder verlassen hatte, packte der Graf sie von hinten, umklammerte sie und biss ihr fest in ihren hübschen Hals. Dieser Job als Aushilfskellner hier in dieser stets gut besuchten Apfelweinkneipe im alten Teil von Sachsenhausen eröffnete ihm tagtäglich ganz neue Möglichkeiten, die er so im abgelegenen Transsylvanien nie gehabt hätte. Natürlich kam ihm auch seine außerordentliche Begabung, Sprachen in Windeseile zu erlernen, ausgesprochen zugute! Denn wer den heimischen Dialekt beherrschte, wurde auch nicht als Fremder gesehen.

»Ach, was e lecker Mädsche … jetzt wird schön aaner abgezappt! Was hammer denn für Blutgrüppsche, hm? A, B oder C? Spässche, Spässche … Egal, hier … komm, trink ma en Schlücksche Fanta, mir is grad so nach em Süßgspritzte!«

Die Meuterei auf der Bounty

Irritierend war in diesem Fall, dass Charles B. Nordhoff und James N. Hall ihren Roman ja angeblich auf Tatsachenmaterial der britischen Admiralität basierend verfasst hatten. Was so nicht sein kann. Hier die Ursprungsversion …

»Im Prinzip gebe ich dir recht! Aber es ist ja kein Zufall, dass Sozialwissenschaften oftmals auch als Gesellschaftswissenschaften bezeichnet werden, oder? Wobei man ergänzend sagen muss, dass ja in diesem Zusammenhang vor allem auch Struktur und Funktionen sozialer Verflechtungszusammenhänge von Institutionen und Systemen und auch deren Wechselwirkung mit Handlungs- und Verhaltensprozessen der einzelnen Individuen analysiert werden!«

Christian zog an seiner Zigarette und blies den Rauch in Richtung Decke. Aufmerksam nickend hatte er seinem Gegenüber zugehört, war dessen Ausführungen gefolgt, und auch wenn er nicht alle seiner Ansichten teilte, genoss er ihre Auseinandersetzung.

»Fazit: Um Sozialwissenschaften komplex zu begreifen, muss man auch ihre vielseitigen Unterteilungen kennen!«

Jörn deutete mit dem Zeigen auf Christians Zigarettenpäckchen an, dass er seinen letzten Satz erst mal so stehen lassen und sich eine kurze Pause gönnen wollte. Zeit also für Christian zu zeigen, dass er dem Thema mehr als nur gewachsen sah. Rasch schnickte er die Kippenschachtel auf Jörns Tischseite, um sofort sein wichtigstes Gesicht aufzusetzen.

»Wäre es in diesem Fall nicht angebrachter, von ›Disziplinen‹ zu sprechen?«

»Gerne!«

Jörn nickte wohlwollend, während er das Streichholz entflammte.

»Was mir jedenfalls sofort in den Sinn schießt … wenn ich das mal so salopp ausdrücken darf, ist natürlich die Anthropologie …«

»Aha. Meinst du eher die Sozial- oder Kulturanthropologie?«

»Durchaus beide!«

»Nun, nicht unterschlagen sollte man aber auch die Demografie …«

»Ja, ja, die Bevölkerungswissenschaft. Wobei … Erziehungswissenschaft sprich Schulpädagogik, Erwachsenenbildung, Sozialpädagogik, Sonderpädagogik, ja, auch …«

»Ethnologie, also Völkerkunde, quasi die Europäische Ethnologie!«

»Interdisziplinäre Kindheitsforschung!«

»Kommunikations- und Medienwissenschaft!«

»Kunstwissenschaft oder Kulturwissenschaft!«

»Linguistik!«

»Ökotrophologie!«

»Politologie!«

»Psychologie!«

»Vor allem Kognitionspsychologie!»

»Rechtswissenschaft!«

»Religionswissenschaft!«

»Sozialpädagogik!«

»Moderne ... äh ... Moin, Moin!«

Verblüfft starrte Jörn Christian an, der plötzlich mitten im Satz abgebrochen und stattdessen zur Tür starrte. Schnell begriff er, warum sein Diskussionspartner so abrupt innegehalten hatte. Im Türrahmen stand nämlich urplötzlich ihr Chef. Käpt'n Blikk!

»Moin, Moin!«

»Moin, Moin!«

»Moin, Moin!

Erfahrungsgemäß wurden Gespräche mit dem Kapitän ab diesem Zeitpunkt nicht ganz unproblematisch. Denn nachdem ihrem Chef bei einem unglücklichen Unfall vor vielen Jahren mal ein Anker aus gut zehn Metern Höhe auf den Kopf gefallen war, hatte sich sein Wortschatz dramatisch reduziert. Warum übrigens damals jemand den Anker oben am Mast befestigt hatte statt an dem für ihn typischen Platz seitlich des Schiffes, war nie ganz geklärt worden. Genauso wie es für immer ein ungelöstes Rätsel blieb, warum die Rettungsboote im unteren Stauraum des Schiffbauches untergebracht waren. Zumal man sie aufgrund der engen Türen dafür hatte auseinanderbauen müssen, was wiederum im Fall einer Seenotsituation bedeutet hätte, sie oben an Bord erst einmal mühselig wieder zusammenzumontieren. Zwar gab es Gerüchte, dass die polnischen Aushilfsarbeiter, die die Reederei damals aus Kostengründen eingestellt hatte, mit der malaysischen Bauanleitung nicht ganz klargekommen waren (was auch erklärt hätte, warum der Bug des Schiffes hinten, das Heck dafür vorne und das Steuerrad unter Deck montiert worden waren), aber genau geklärt werden konnte das nie. Zumal kurz darauf ein nächtlicher Brand die Büros der mittlerweile insolventen Reederei komplett vernichtete, sodass eine gründliche Recherche ziemlich schwierig geworden war.

Jedenfalls hatte der abstürzende Anker den Kapitän dermaßen erwischt, dass er jetzt nur noch zwei Wörter sagen konnte: »Moin« und »Moin«!

Alles andere war wie von seiner Festplatte gelöscht worden.

Schon allein deswegen hätte es dem zur Gewalt neigenden und ausgesprochen herrischen Blikk bestimmt nicht gefallen, dass sie sich hier unten in dem kleinen Essensraum neben der Kombüse gerade über die Strukturen von Sozialwissenschaften unterhielten, und das auch noch auf Hochdeutsch. Nein, er durfte nicht mitbekommen, dass sie mittlerweile tagtäglich und hochleidenschaftlich solche hochkomplexen Themen besprachen, und so sollte es auch bleiben. Und er musste auch nicht wissen, dass die beiden nach über dreißig Jahren Zur-See-fahren die sich immer wiederholenden Gespräche über Fische, Boote, Wetter sowie ihre Anker- und Seejungfrauen-Tattoos einfach satthatten und sie statt dessen einen immer stärker werdenden inneren Hunger nach anderen Inhalten und vor allem neuem Wissen verspürt hatten. Genauso wenig musste er wissen, dass Christian irgendwann sein erstes Fernstudium begonnen und es schließlich als staatlich anerkannter Bilanzbuchhalter beendet hatte, worauf danach auch Jörn nicht mehr zu halten gewesen war. Und so hatten sie im Lauf des letzten Jahrzehnts in jeder freien Minute in ihren Kojen gelegen und unter der Decke heimlich Fachliteratur gebüffelt, bis ihnen die Augen zufielen. Und tatsächlich jede Menge Abschlüsse gemacht.

Natürlich konnte man über Sinn und Zweck dieses neuen Wissens leidlich diskutieren, denn letztendlich konnten sie nichts, aber auch gar nichts davon auf ihrer Arbeitsstelle gebrauchen. Ein Bilanzbuchhalter war auf einem Kahn, auf dem man meist illegale Ware von A nach B brachte, genauso wenig von Nutzen wie ein Ernährungsberater. Denn was es zu essen und zu trinken gab, bestimmte einzig und allein Sven der Koch. Und wem das nicht passte, der musste hungern. Schon allein weil man mit ausgeschlagenen Zähnen schlecht kauen, sondern maximal lutschen konnte, und zu lutschen gab es hier eigentlich nichts. Ja, wenn man Svens Essen kritisierte, konnte man auch gleich in benzingetränkter Kleidung und einem Sprengstoffgürtel unterm Hemd in ein großes offenes Feuer springen. Sven hatte seine Lehre nämlich in einem sogenannten »Cook or Die«-Camp in den USA gemacht, das seinerzeit von einem ehemaligen Söldner geleitet worden war. Der, so munkelt man, seinen Spitznamen »Der Abdecker von Phnom Penh« nicht aus bloßem Jux verliehen bekommen und in Kambodscha beim ein oder anderen Massaker, so munkelt man, nicht nur zufällig zugeschaut hatte. Und dessen einzige (allerdings absolut griffige) pädagogische Maßnahme es war, Kochfehler wie falsche Zutaten oder zu niedrige Backofenstufen mit der Unterfläche einer besonders stabilen Military-Bratpfanne aus doppelt gegossenem Eisen zu kommentieren. Hatte man also einmal statt grünem Pfeffer versehentlich roten genommen, zog er einem mit dem Ding so den Scheitel, dass man diesen Fehler nie wieder machte.

Sven musste sich damals oft vertan haben. Nicht, dass er jetzt ein guter Koch war, das ganz bestimmt nicht! Aber sein deformierter Schädel ließ auf recht häufigen Bratpfannenkontakt schließen, und offensichtlich hatte ihm sein Ausbilder im »Cook or Die«-Camp sämtliche positiven Eigenschaften wie Freundlichkeit oder die Fähigkeit zur Empathie schlichtweg rausgeballert. Natürlich hätte die hiesige Crew allein aufgrund ihrer numerischen Überzahl jemanden wie ihn trotz seines brutalen Wesens längst abgesetzt (was auf einem Schiff per Meereswurf recht einfach zu handhaben war), wären da nicht diese kleinen leckeren Schokoriegel mit Kokosfüllung gewesen! Deren Herkunft nur Sven kannte und die kein anderer zu besorgen imstande gewesen wäre. Und so mies es den Männern in ihren schlecht bezahlten Jobs auf dem Schiff auch ging, so sehr freuten sie sich jeden Tag auf diese kleine Köstlichkeit. Ja, fast alle empfanden es als das Highlight schlechthin! Natürlich war es nicht mehr als ein geschicktes Manöver, um unter Zuhilfenahme einer Süßigkeit vom restlichen Saufraß und der eigenen Ekelhaftigkeit abzulenken, aber es funktionierte. Einer der fiesen Tricks, die Sven ebenfalls im Camp erlernt hatte.

Nein, Ernährungsberater war definitiv keiner der Jobs, mit dem man es hier an Bord weit bringen konnte!

Und auch Christians und Jörns andere neu erlernten Fähigkeiten brachten sie unterm Strich an Bord nicht so recht weiter. Feng-Shui-Beratung war bei Seeleuten, die ihre Unterhosen nachts zum Trocknen an die Decke nagelten und im Rahmen regelmäßiger Suffschlägereien ihre Kajüten sowieso ständig umräumten, genauso wenig gefragt wie Logistikmanagement, Erziehungsassistenz oder Kenntnisse in Sachen Arbeitsrecht. Wobei Letzteres bei einem so herrischen Despoten wie Kapitän Blikk vermutlich das Allerüberflüssigste von allem Überflüssigen war!

Und weil jeder hier an Bord Blikk wegen seiner unberechenbaren Grausamkeit fürchtete und er sich als Chef nun mal keinerlei Blöße geben durfte, mussten sich alle an Bord seinem recht übersichtlichen Wortschatz anpassen. Was bedeutete, dass man sich nicht nur morgens mit »Moin, Moin« begrüßte, sondern auch zur Mittagszeit, zum Abendbrot und sich natürlich auch so eine gute Nacht wünschte. Prostete man sich bei einem Gläschen gepanschten Rum zu, dann lautete der Trinkspruch genauso, wie wenn man damit einem zum Geburtstag gratulierte oder wenn man einen der Kameraden auf hoher See bestattete. Und auch die morgendliche gemeinsame Gebetsstunde auf Deck war dementsprechend kurz und knackig!

Natürlich hielten sich alle nur dann daran, wenn Blikk in der Nähe war, denn schließlich galt es ja auch, ein Schiff zu betreiben. Und »Moin, Moin« reichte nun mal nicht so ganz aus, wenn der Zweite Offizier dem Steuermann einen Kurswechsel mitteilen musste. Aber davon wusste der sture Kapitän nichts, wie er eben auch von Jörns und Christians intellektuellen Leidenschaften keinen blassen Schimmer hatte.

Nachdem sie ihn also standesgemäß begrüßt hatten, quittierte ihr Anführer das mit zufriedenem Nicken. Auch wenn es ihm ab und zu ganz gut passte, wenn einer seiner Matrosen mal aus der Reihe tanzte und er ihn dafür als Haiköder hinten ans Heck binden lassen konnte.

Heute aber war dem Kapitän nicht danach. Er hatte hervorragend geschlafen und dabei auch noch geträumt, dass er eine außergewöhnlich gute Verdauung gehabt hätte. Was sich beim Aufwachen sogar als mehr als nur ein Traum erwiesen hatte.

Und so wäre dieser Tag vermutlich auch ganz normal verlaufen, wäre nicht urplötzlich ein starker Sturm aufgekommen. So schnell und überraschend, dass sich keiner an Bord hatte darauf einstellen können. Schon erschien der Zweite Steuermann kreidebleich im Essensraum, schrie ein ziemlich panisches »Moin, Moin!!« in Richtung Kapitän, worauf der allen anwesenden Matrosen und sonstigen Besatzungsmitgliedern mit einem strengen »Moin, Moin!« befahl, sich sofort an Deck zu begeben. Der Sturm war mittlerweile zum Orkan mutiert, und alle versuchten, ihr Bestmögliches zu geben. Was vor allem bedeutete, die Segel und auch die Ruder einzuholen, um nicht mehr über das Meer gefegt zu werden als ohnehin schon. Blikk hatte sich kurzerhand per starkem Tau an einen der Masten binden lassen, von wo aus er den Überblick behalten und seine Befehle geben konnte.

Es folgte einer der härtesten Kämpfe gegen die Gewalten des Meeres, den eine Schiffscrew je hatte erleben müssen. Vor allem, weil nicht jeder in dieser irrsinnigen Hektik die Übersicht geschweige denn die Nerven behielt, so exakt ihr Kapitän auch seine Anweisungen gab. Einer der Matrosen, ein noch junger und unerfahrener Bursche, interpretierte Blikks »Moin, Moin!« zum Beispiel so, dass er das Hauptsegel weiter hochziehen statt es runterholen sollte! Was zur Folge hatte, dass sich das riesige weiße Tuch dermaßen mit Wind füllte, dass es schließlich den Mast aus dem Schiffsbogen riss und auf die offene

See beförderte. Blöderweise samt dem Nachwuchsmatrosen, der sich pflichtbewusst am Tau festgehalten hatte.

Ähnlich erging es dem Kanonier des Schiffes, der, statt die Kanonen aus den Schussluken zu ziehen, um weiteren Wassereintritt zu vermeiden, diese mit Pulver füllte, um sie kurz drauf abzufeuern. Was interessant war, denn außer dem Orkan war ja niemand weit und breit, der sie bedrohte. Und da sich aufgrund des extremen Wellengangs die erste Kanone kurz noch komplett drehte, bevor er sie abfeuerte, durchschoss die Kugel einmal das komplette Steuerhaus. Was Blikk so wütend machte, dass er sich vom Pfahl wieder abbinden ließ, um den Idioten eigenhändig über Bord zu werfen. Spätestens jetzt konnte man übrigens beobachten, wie diszipliniert diese Mannschaft war, denn selbst der dem Tode geweihte Kanonier rief artig ein letztes »Moin, Moin!«, während er durch die Luft in Richtung seines nassen Grabes flog.

Im Morgengrauen war der Albtraum vorbei. Der Orkan hatte sich verzogen, und das Schiff und seine tapfere Besatzung hatten nicht klein beigegeben, sondern standgehalten. Natürlich hatte es Opfer gegeben, einige der Männer hatten es nicht geschafft, waren vom Meer verschluckt oder einer hin und her rasenden Kanone erschlagen worden. Ein Großteil der Crew aber hatte überlebt, unter ihnen auch Jörn und Christian. Und so standen sie irgendwann mit all den anderen auf dem Oberdeck, wo sie ihr stolzer Kapitän mit einem lobenden »Moin, Moin!« bedachte.

Geschlossen skandierte es die Mannschaft lautstark zurück, um dann frohen Mutes und hungrigen Bauches die Kombüse von Sven aufzusuchen. Jetzt ein Stück Fleisch, eine eingelegte

Salzgurke oder ein Stück Brot und dann zum Nachtisch das Beste!

Doch als die ersten der Männer erwartungsfroh bei Sven ankamen, staunten sie nicht schlecht. In dem Fass, in dem normalerweise der Vorrat mit den Riegeln aufbewahrt wurde, steckte Sven selbst.

Schnell war alles zusammengereimt: Der hinterhältige Koch war beim Ausbruch des Sturms aus lauter Angst in das Fass geklettert, wofür er es vorher natürlich ausgeschüttet hatte. Als dann das Wasser nach unten gekommen war, hatte er sicher im geschlossenen Fass gesessen, während fast eine Tonne Kokos-Schokoriegel Opfer des salzigen Nasses geworden war. Die Enttäuschung der tapferen Seeleute war nur schwer in Worte zu fassen. Da hatten sie die ganze Nacht gegen dieses Unwetter gekämpft, hatten ihr Leben für dieses Schiff riskiert, und jetzt blieb ihnen die einzig wirkliche Belohnung versagt. Hatte der ein oder andere in der Vergangenheit Sven vielleicht doch irgendwo gefürchtet, war jetzt nichts mehr davon zu spüren. Es dauerte nicht lange, und schon hatten sie mit vereinten Kräften das Fass mit dem verblüfften Koch darin dank fingerlanger Nägel und Seilen fest verschlossen und es kurz darauf über die Reling geworfen. Als Blikk sich ihnen in den Weg stellte, um sie daran zu hindern, seinen wichtigsten Mann zu beseitigen, banden sie ihm kurzerhand den Reserveanker an die Füße und schickten ihn ebenfalls in Richtung Meeresboden. Was dem Begriff »Anker setzen!« durchaus eine gewisse Doppeldeutigkeit verlieh und man außerdem spätestens jetzt rückblickend feststellen musste, dass das Verhältnis des Seemannes Blikk zum Anker doch eher ein ambivalentes gewesen war. Natürlich vergaß auch in diesem Moment keiner, ihm ein letztes gut gelauntes »Moin, Moin!« mit auf den letzten Weg zu geben.

Als sie ein paar Wochen später frohen Herzens den Hafen von Trondheim erreichten, packten alle ihr Hab und Gut zusammen und steckten dann das ihnen so verhasste Schiff in Brand, das schon bald unter ihrem lauten Jubel dampfend im Wasser verschwand.

Alsdann trennten sich die Wege der Gefährten. Viele heuerten auf neuen, besseren Frachtern, Klippern oder Kuttern an, andere suchten sich Arbeit auf dem Land oder studierten Linguistik. Auch Jörn und Christian suchten ihr Glück auf festem Boden, indem sie schon bald ein Steuer- und Ernährungsberatungsbüro eröffneten und damit schnell sehr erfolgreich und sehr reich wurden.

So endete eine der dramatischsten Geschichten der Seefahrt für die meisten Beteiligten doch noch glücklich. Aber vergessen wird sie keiner – die Meuterei wegen Bounty!

Pinocchio

Manchmal drängte sich beim Betrachten der gefundenen Texte die Frage auf, ob bei der ein oder anderen fingierten Version nicht vor allem aus moralischen Gründen gemogelt worden war.

Es war einmal ein kleiner italienischer Junge. Der, genau wie seine Freunde, den Großteil des Tages mit Fußballspielen verbrachte, ab und zu jemandem einen harmlosen Streich spielte und der nichts lieber aß als von der Großmutter gekochte Spaghetti mit dieser typischen sizilianischen Tomatensoße. Wobei ihm Letztere in Ermangelung einer Großmutter sein liebevoller Ziehvater, der Apotheker Giovanni-Emilio Petto, zubereitete, der den Jungen seinerzeit ohne zu zögern bei sich aufgenommen hatte, als man ihm im zarten Säuglingsalter eines Nachts in einem kleinen Weidenkorb einfach vor seiner Apotheke abgestellt hatte. Dort also wuchs er auf und wurde ein fröhlicher Knabe, der vor allem von seinen Kameraden wegen seiner steten Zuversicht gemocht und geschätzt wurde und mit denen zusammen er über viele Jahre eine glückliche Kindheit verbrachte.

Mit dem Einsetzen der Pubertät aber ereignete sich etwas Tragisches. Er hörte nämlich urplötzlich auf zu wachsen – und das bei gerade mal einem Meter vierundzwanzig. Und als wäre das nicht schon schlimm genug gewesen, stoppte nicht nur sein Wachstum, sondern auch seine sonstige Entwicklung in Richtung Männlichkeit. Während seine Kumpels sich jetzt immer weniger für all das interessierten, was sie jahrelang vereint hatte, Fußball, Streiche oder Spaghetti, und sich stattdessen immer und immer mehr zu den Mädchen und Frauen des kleinen Dorfes unweit von Palermo hingezogen fühlten, blieb bei ihm alles unverändert. Und sosehr ihn das auch bedrückte und sosehr er sich auch bemühte, es seinen Altersgenossen nachzufühlen – es tat sich nichts. Keinerlei Interesse, keinerlei Regung, tote Hose.

Natürlich fragte er sich, warum das wohl bei ihm so anders sei und ob es vielleicht an den Mädchen im Dorf lag. Aber nein, an ihnen lag es nicht, das konnte er sich selber ehrlich beantworten. Und ehrlich war er, schon von klein auf. Fast schon ein bisschen manisch, was nicht zuletzt daran lag, dass ihm sein Ziehvater früh eingeimpft hatte, dass Lügner generell ganz plötzlich beim Abendbrot an ihren Unwahrheiten ersticken würden. Und auch als ihn einer seiner wenigen übrig gebliebenen Freunde besorgt fragte, ob er sich vielleicht einfach nur eher dem eigenen Geschlecht hingezogen fühlte, konnte er dieses aufrichtig verneinen. Es war, wie es war, basta!

Und so blieb es auch die nächsten Jahre. Während seine Kumpanen von einst den kleinen Fußballplatz am Rande des Dorfes längst gegen Bars, Discos, Bordelle oder notfalls gar den Hafen der Ehe eingetauscht hatten, verbrachte er dort immer noch jeden Tag, um einsam Bälle auf das verwaiste Tor zu schießen.

Eines Tages, er fischte gerade zum zigsten Mal den Ball aus dem kleinen Flüsschen hinter dem kleinen Spielfeld, kam urplötzlich eine vornehme Dame dort vorbei. Als der Junge sie sah, wandte er ihr vorsichtshalber den Rücken zu, denn erstens war er im Umgang mit vornehmen Damen nicht gerade geschult und zweitens war es mit seinem Selbstbewusstsein verständlicherweise nicht so weit her.

»Hey, Junge!« rief die Dame, »Wieso schießt du denn hier draußen ganz alleine Bälle auf das blöde Tor? Denn auch wenn du nicht besonders groß bist, scheinst du mir schon ein wenig zu alt, um hier rumzuhängen, statt dich mit hübschen Mädchen zu verabreden, hab ich recht?«

Verlegen schüttelte er den Kopf. »Ach, ich bolz lieber hier so rum …«

»So, so, dann bist du also einer von diesen Spätzündern?«, lachte sie ihn aus.

Das allerdings wurmte ihn jetzt doch mehr, als er vertragen konnte.

»Quatsch! Stimmt doch gar nicht!« Genau in diesem Moment verspürte er ein merkwürdiges, fremdes Ziehen zwischen seinen Lenden.

»Gib es ruhig zu, ist ja nichts, für das man sich schämen muss!«

»Ich muss überhaupt nichts zugeben«, entgegnete er trotzig. »Ich hatte schon ganz oft was mit Mädchen, ich brauche es nur nicht ständig!«

Wieder verspürte er dieses Ziehen, und diesmal noch etwas stärker.

»Ach ja? Und mit wie vielen genau hast du denn schon Bunga-Bunga gemacht?«, rief sie laut lachend.

»Mit sehr vielen!«

Und wie es jetzt zog!

»Was heißt denn ›viele‹? Mehr als eine?«

Jetzt reichte es ihm!

»Mit über zweihundertfünfzig!«, log er, dass sich normalerweise die Balken gebogen hätten. Aber statt dass sich etwas bog, richtete sich etwas kerzengerade auf, sprengte mühelos den vorderen Teil seiner Turnhose und präsentierte sich so der vornehmen Dame, die ihren Augen nicht traute.

»Mein Gott, was ist das denn?!«

Der Junge schaute irritiert an sich herab.

»Das weiß ich auch nicht...«, murmelte er wahrheitsgemäß, worauf sich das Ding sofort wieder verkleinerte und herabsenkte.

»Verstehe, dann ist das gerade nur Zufall gewesen, und du kannst gar nichts dafür...«

»Blödsinn! Ich hab das hier voll im Griff! Volle Absicht!«, erwiderte er schwindelnderweise, worauf es sich jetzt wieder vergrößerte. Für einen kurzen Moment stutzte er, dann hatte er begriffen, wie das hier funktionierte.

»Ich bin übrigens im Hauptberuf Astronaut, habe sechs Kinder mit sieben verschiedenen Frauen, und letztes Jahr hat man mir den Nobelpreis für Literatur verliehen!«

Sein Glied schien nun den Himmel berühren zu wollen. Ja, jetzt stand es im wahrsten Sinne des Wortes fest... sobald er log, wuchs seine Männlichkeit ins Uferlose! Die staunende Dame hatte zwar das Prinzip, auf dem diese gewaltige Erektion basierte, keineswegs durchschaut, aber als die bedeutendste Pornofilmproduzentin Italiens hatte sie längst mehr als genug gesehen. Noch auf dem Fußballplatz nahm sie den Jungen unter Vertrag, um ihn dann sogleich nach Rom zu bringen. Dort gab man ihm schon bald den Künstlernamen »Pornochio« (was so viel hieß wie ›Dumm fickt gut, vor allem mit einem Riesenständer wie aus Eichenholz‹), und innerhalb nur kürzester Zeit log und vögelte er sich zu einem der bekanntesten und somit auch am besten verdienenden Pornofilmdarsteller aller Zeiten!

Da er dennoch eine treue und loyale Seele war, überwies er Monat für Monat einen großen Teil seiner Gagen an seinen geliebten Ziehvater G. E. Petto. Den man übrigens einige Jahre später wegen nachgewiesener Medikamentenexperimente am helllichten Tag in seiner Apotheke verhaftete …

Die Leiden des jungen Werthers

Dass Goethes berühmter Roman um die unerfüllte Liebe des jungen Romantikers Werther bis heute Millionen von Lesern begeistert hat, ist ein nicht zu beanstandender Fakt. Was aber bislang keiner wusste: Werther hieß ursprünglich nur fast so, und das mit dem »jung« hatte so auch nicht gestimmt …

»Der Uwe Seeler, das war noch 'n Kerl! Egal, wie oft sie den umgetreten haben, der ist immer wieder aufgestanden! Und dann hat er sein Tor gemacht! Mim Kopp!«

»Das stimmt, Hanna, das stimmt. Und weißt du noch, wie dem damals bei diesem Werbespot das Rasierwasser ausgegangen ist …«

»Ja, klar weiß ich das noch! ›Hattrick‹ hieß das!«

»Genau! Erst isser total ausgeflippt, dass man gedacht hat, er haut den klaane Spiegelschrank in seinem Bad zu Klumpe!«

»Von Allibert war der!«

»Genau! Aber dann hat er plötzlich seelenruhig einfach 'ne neue Flasche aus dem Spiegelschrank gezaubert!«

»Von Hattrick!«

»Genau! Andere wären in dieser Situation verzweifelt, aber nicht der Uwe!«

»Ja, Hanna, das stimmt. Der Uwe, das war schon einer …!«

»Wieso ›war‹? Der lebt ja noch!«

Warum hatten diese Frauen mit ihren fast neunzig Lenzen

noch immer dermaßen laute und vor allem grelle Stimmen? Und weshalb mussten sie sich ausgerechnet jetzt unterhalten, da die eine ganz hinten am einen Ende des Speisesaals am Tisch saß, während die andere vorne vorm Buffet stand?

»Aber der Goebbels hatte auch was. Nicht politisch, da hab ich ihn nicht so gemocht. Aber so von der Ausstrahlung her.«

»Ich weiß ja nicht, Maria, da fand ich den Peter Frankenfeld doch deutlich attraktiver! So lustische Typen gibt's ja heut gar nicht mehr im Fernsehen!«

»Stimmt, den und den Uwe Seeler, die hätten wir beide nicht von der Bettkante gestoßen! Da hätten wir den Goebbels gar nicht mehr gebraucht!«

»Höchstens zum Nachtisch!«

Die Lachsalven, die jetzt beide jeweils in Richtung der anderen losfeuerten, trafen sich exakt in der Mitte des Raumes. Genau dort schienen sie sich zu vereinen, um den Dezibelpegel ins Unerträgliche zu steigern. Aber so laut die beiden Mütterchen auch durch den Saal schrien und lachten, Werner bekam es gar nicht mit. Denn wie immer galt seine Aufmerksamkeit jemand anderem. Lotte! Wie jeden Mittag saß sie einsam und unnahbar an dem kleinen Einzeltisch direkt vor dem Fenster, beachtete weder ihn noch die anderen hier im Speisesaal der Seniorenresidenz, sondern starrte stattdessen wie immer hinaus auf die trostlose Herbstlandschaft.

»Sag mal, Hanna, kennst du eigentlich diesen David Becken?«

»Wen?«

»David Becken … den Fußballer!«

»Der heißt Beckham. Was ist mit dem?«

»Den würd ich auch ma verputze!«

»Dann ruf'en doch ma an! Und wenn er herkimmt, kann er de Uwe Seeler gleich mitbringe!«

Der Tischnachbar neben Werner hatte langsam genug vom Gekreische.

»Uwe Seeler! Jeden Tach Uwe Seeler! Ich kann's nicht mehr hören! Und jetzt auch noch Peter Frankenfeld! Ich fass es net! Den kennt doch gar niemand mehr, mit seinen bescheuerten karierten Jackets und albernen Sketchen! Zum Glück war des noch zu Zeiten vom Schwarz-Weiß-Fernsehn, sonst hätt man dem seine blöde Fresse auch noch in Farbe gesehe!«

Missbilligend schüttelte er den Kopf. Und dass sie sogar den toten Goebbels offensichtlich jedem Mann hier im Saal vorgezogen hätten, war schon eine Beleidigung der ganz besonderen Art! Die anderen seiner Geschlechtsgenossen schienen das ähnlich zu empfinden, so wie sie da mit versteinerten Mienen vor ihren Tellern mit dem viel zu weich gekochten Lauchgemüse und dem in einer angeblichen Sahnesoße ertrunkenen Kalbsgeschnetzelten saßen. Die beiden Damen an den beiden Enden des Raumes schien das alles herzlich wenig zu stören!

Während sich ihr Gelächter erneut auf den Weg durch den Saal aufmachte, erhob sich Werner. Traurig packte er sein Tablett und schob es in den dafür vorgesehenen Rückgabeschrank. In solch trostlosen Momenten gab es nur einen Ort, nach dem er sich sehnte. Seinen Lieblingsplatz, die Hausbibliothek! Die er denn auch nur wenige Minuten später betrat, um mit großer Erleichterung festzustellen, der Einzige im Raum zu sein. Natürlich war »Bibliothek« eine Lüge, denn das hier war einfach ein Raum, in dem ein Regal mit einem guten Dutzend Bücher stand, ein paar Sesseln und einem Schachtisch, auf dem aber nie gespielt wurde, weil irgendjemand schon vor Jahren beide Könige geklaut und durch zwei Käsecracker ersetzt hatte, die aber bereits schon bei der nächsten Partie dem Hunger eines Spielers zum Opfer gefallen waren. Aber sie hatten einen Computer! Mit Internet und der Möglichkeit, sich ein eigenes Passwort einzurichten. Das war zwar für diejenigen, die unter Demenz litten, schwierig, weil sie sich nicht nur ihr Passwort nicht merken konnten, sondern auch immer wieder vergaßen, wo sie den Zettel, auf dem sie es notiert hatten, versteckt hatten. Was unterm Strich aber auch nicht wirklich dramatisch war, weil sie ja auch oft schon nach wenigen Minuten nicht mehr wussten, warum sie hier überhaupt saßen.

Werner hingegen wusste sehr gut, warum er hier saß. Der Grund hieß Wilhelm, sein bester Freund seit frühester Jugend! Der rund zweihundert Kilometer entfernt genau wie er in einem Seniorenheim weilte, nur dass er hier in Bad Orb saß und Wilhelm in Maria Laach! Telefonieren im Hause war aufgrund der absolut unverschämten Preistabelle definitiv zu teuer, und Briefe schreiben, so wie sie das früher ausgiebig getan hatten, für Männer jenseits der achtzig zu anstrengend. Auch das Anschaffen eines Handys kam nicht in Frage, da die Frage der gesundheitlichen Langzeitrisiken durch Strahlen immer noch mit zu vielen Fragezeichen versehen war!

Aber E-Mails schreiben, das ging! Und da es nach halb zwei Mittag war, musste Wilhelm, so war die Abmachung, eigentlich genau wie er vorm Computer sitzen. Diese Verabredungen mit ihm waren wichtig, denn Wilhelm war der Einzige, mit dem er sein Problem mit Lotte und deren konstante Unnahbarkeit eingehend besprechen konnte. Und der, wie er selbst auch, keinen Wert auf besonders tolle Formulierungen legte, sondern genauso schrieb, wie er sprach! Schon schickte er die erste Mail des Tages auf die Reise.

»Hallo, Wilhelm! Bist du online?«

Es dauerte wenige Sekunden und schon wies ein Pling auf Wilhelms Antwort hin.

»Bin ich! Gude, Werner!«

Pling

»Gude!«

Pling

»Und, was gab's heute?«

Pling

»Aufgeweichtes Allerlei für Zahnlose! Und bei euch?«

Pling

»Angeblich marokkanisches Gulasch! Mit Zimtgeschmack! Des schmeckt ungefähr so wie Bratwurst mit Vanillesoße!«

Pling

»Eieiei! Und zum Nachtisch wahrscheinlich noch Apfelstrudel mit Knoblauch! Vielleicht sollten sie mal en richtigen Koch in die Küche lassen statt en arbeitslose Laborassistent!«

Pling

»Ich hab die Theorie, dass sie über den Weg die Zimmer für die Privatversicherten frei bekommen wolle! Was ihnen aber bei mir net gelingen wird. Wer ein Jahr in britischer Gefangenschaft war und denen ihr Zeug gefressen hat, den kannste mit so 'nem halbschwulen Gulasch noch lang net beseitigen! Sag mal ... was tut sich denn mit Lotte?«

Pling

»Leider nix. Hat wieder allein gegessen und niemanden eines Blickes gewürdigt. Wie immer!«

Pling

»Hast du sie angesprochen?«

Pling

»Net direkt. Aber ich hab ihr den Salzstreuer hingestellt, weil wie immer auf ihrem Tisch keiner stand!«

Pling

»Und sie hat nicht mal ›Danke‹ gesagt?«

Pling

»Nee. Vielleicht hat sie es auch gar nicht mitbekommen.«

Pling

»Quatsch! Weiber kriegen immer alles mit! Die sind wie Geheimagenten. Lassen sich nichts anmerken und checken und spionieren dich dabei von Kopf bis Fuß aus!«

Pling

»Meinst du?«

Pling

»Weiß ich. Meine Martha war auch so eine. Dagegen war der CIA ein Scheißdreck! Die konnt mir noch über dreißig Jahre später genau aufzählen, wann ich mal vorm Fernseher eingeschlafen bin oder versehentlich einen abgedrückt hab!«

Pling

»Aber du bist doch eigentlich immer vorm Fernseher eingenickt! Und was deine Blähungen angeht ... wir haben dich ja damals in der Division nicht umsonst ›Wilhelm the trumpet‹ genannt!«

Pling

»Des war aber nichts gegen deinen Spitznamen! ›Beule‹! Weil du den ganzen Tag mit em Ständer durch die Gegend gelaufen bist, den man selbst durch den dicken Wehrmachtsstoff noch sehen konnte!«

Pling

»Wie es der Herr einem eben gegeben hat!«

Pling

»Ja, und mir hat er halt viel Luft gegeben! Jetzt aber noch mal zu Lotte. Warum hast du denn dann nichts zu ihr gesagt, als du ihr das Salz angereicht hast?«

Pling

»Hab ich doch!«

Pling

»Und was hast du gesagt?«

Pling

»Hier!«

Pling

»Das ist mehr als genug! Da brauchst du dir nix vorwerfen!«

Pling

»Seh ich genauso. Und sonst, Wilhelm?«

Pling

»Eia, Werner, alles wie gehabt …«

Pling

»Dann geht's ja …«

Pling

»… und selber?«

Pling

»Ma so, ma so…«

Pling

»Kenn ich…«

Pling

»Wie ist eigentlich bei euch es Wetter?«

Pling

»Wechselt, ma schlechter, ma besser!«

Pling

»Hier auch!«

Pling

»Und dein Rücken?«

Pling

»Is wie mim Wetter, ma schlechter, ma besser!«

Pling

»Kenn ich…«

Pling

»Und was machen deine Pustele?«

Pling

»Welche meinste denn? Die unne oder die obbe?«

Pling

»Ich wusst ja gar net, dass du auch am Schwengel Pusteln hast! Seit wann denn?«

Pling

»Am Bein, du Blödmann, am Bein!«

Pling

»So, so, am Bein! Und…?«

Pling

»Blühen wie die Weidenkätzscher im Frühjahr!«

Pling

»Des is ja widerlich!«

Pling

»Ja, aber wenn ich se uffdrück, werdense aach net scheener! Und wo wir grad dabei sind...was machen deine Darmbeschwerden?«

Pling

»Ich sag ma so: Husten könnt in die Hos gehen!«

Pling

»Verstehe. Dann hoff ich ma, dass du dich net erkältest!«

Pling

»Na, dazu müsst ich ja rausgehen! Oder zumindest das Fenster öffnen. Und das wird schon vom Rheuma her schwierig!«

Pling

»Apropos Rheuma... hast du des von dem Elefanten gelesen, in diesem Zoo in Zürich?«

Pling

»Nee. Was ist denn mit dem?«

Pling

»Der hat Arthrose wie die Sau!«

Pling

»Und das als Elefant! Ich wusste gar net, dass die so was bekommen könne!«

Pling

»Ei ja, das ist wie bei dir und mir, die wern ja auch net jünger!«

Pling

»Ja, aber du wirst dich ja wohl net mit em Elefanten vergleichen wollen?«

Pling

»Warum denn nicht? Elefanten sind genauso Säugetiere wie wir Menschen im Prinzip auch!«

Pling

»Ja, aber ein Elefant ist doch ganz anders strukturiert als du oder ich!«

Pling

»Sagt ausgerechnet der, der wegen seines Rüssels damals diesen Spitznamen bekommen hat!«

Pling

»Oh, ein Wortspiel!«

Pling

»Jedenfalls hat der Elefant zu alledem auch noch seine Zähne verloren!«

Pling

»Des is mir gestern auch passiert! Ich hab sie den halben Tag lang gesucht, bevor ich sie in meinem Rucksack gefunden hab!«

Pling

»Wieso waren deine Zähne im Rucksack?«

Pling

»Kann ich dir net sagen. Der Heimleiter hat seinen Geburtstag gefeiert, und es gab Bowle! Mehr weiß ich net mehr.«

Pling

»Ich frag mich trotzdem, wie besoffen man sein muss, dass man seine Zähne in seinen Rucksack steckt!«

Pling

»Das letzte Mal hab ich sie zu meinem Wellensittich in den Käfig gelegt, des war auch net einfacher!«

Pling

»Zurück zum Elefant. Der hat also Arthrose, keine Zähne mehr und zu allem Überfluss auch noch Zellulitis!«

Pling

»Ein Elefant, der Zellulitis hat? Im Leben net!«

Pling

»Ich hab es doch selber auf dem Foto gesehen! Die ganze Hinterpartie voller Falten! Voll der Runzelarsch!«

Pling

»Moment, das sieht doch bei Elefanten immer so aus!«

Pling

»Und was lernen wir daraus? Elefanten haben von Haus aus Zellulitis!«

Pling

»Ach so!«

Pling

»Und Alzheimer hätte er auch noch, haben die geschrieben.«

Pling

»Oje, der arme Kerl. Des ausgerechnet bei einem Elefant!«

Pling

»Ja, aber so vergisst er zumindest seine Zellulitis!«

Pling

»Da bin ich ja mit Rheuma und Dünnschiss noch einigermaßen gut bedient!«

Pling

»Ich mit meine Pustele auch!«

Pling

»Ich glaub, für heute sind wir mit allem Wichtigen durch, oder?«

Pling

»Da hast du recht! Ist auch schon achzzehn Uhr!«

Pling

»Gut Nacht, Werner!«

Pling

»Gute Nacht, Wilhelm«

Erleichtert schaltete Werner den Computer aus. Wie gut es doch tat, sich mit einem Menschen auf Augenhöhe auszutauschen! Und morgen würde er Lotte ansprechen. Oder ihr zumindest zur Abwechslung mal den Pfeffer hinstellen.

Platoon

»Das erste Opfer des Krieges ist die Unschuld« lautet der Untertitel des Romans von Dale. A. Dye, der nach dem Drehbuch zum gleichnamigen Film von Oliver Stone geschrieben wurde. Was vermutlich richtig, allerdings auch das Einzige ist, was bezüglich Film und Buch stimmt!

Gefechtspause. Spätestens in fünfzehn Minuten würde man wieder angreifen. Der Gegner war zäh und widerstandsfähig, da konnte man sich keine Verschnaufpausen oder unüberlegtes Handeln erlauben. Und während die Frauen und Männer hier, nur ein paar Meter von der Front entfernt, mit ausdruckslosen Gesichtern und fast schon mechanisch die Magazine ihrer Schnellfeuergewehre durchluden, sich die Gürtel mit neuen Handgranaten behängten, rasch einen Schluck Wasser tranken und ihren Lieben daheim per SMS die vielleicht letzte Nachricht ihres Lebens schickten, versuchte Erdmann nicht nur die Übersicht zu behalten, sondern vor allem auch Ruhe auszustrahlen. Denn schließlich war das hier sein Corps, seine Truppe. Auf ihn hörten sie hier, denn nach all den Jahren an der Front war sein jetziger Erfahrungsschatz unbezahlbar! Dünkweber, der einen Dienstgrad unter ihm rangierte und ihm stets unauffällig, aber effizient zur Seite stand, gab mit einem klaren »Achtung!« allen zu verstehen, dass Erdmann etwas zu sagen hatte. Sofort verstummte auch das letzte Gemurmel.

»Respekt, Leute, Respekt! Das sind harte Brocken da auf der anderen Seite, aber noch ein paar Angriffe, und ihr habt die Sache für euch … oder besser gesagt: für uns entschieden! Bald habt ihr sie! Weil ihr sie abnutzt, sie mit eurer Präsenz aushöhlt. Und ich will euch sagen, wie großartig ihr seid und wie dankbar ich bin, solche großartigen Leute um mich zu haben!«

Die müden Augen seiner Untergebenen schauten ihn dankbar an. Ein junger Mann mit dünnem blondem Haar schluckte kurz, sichtlich bemüht, die Fassung zu wahren.

»Einmal habe ich schon gedacht, sie haben mich! Ich hab echt gedacht, das war's!«

Erdmanns Blick machte ihm allerdings klar, dass sein Vortrag damit bereits auch schon wieder beendet war. Weicheier konnten sie hier nicht gebrauchen, nicht in diesem Krieg! Der schon Ewigkeiten zu toben schien und genauso sinnlos war wie all die anderen Kriege zuvor. Sich aber über Sinn und Unsinn Gedanken zu machen, war nichts für solche Tage, und schon gar nichts für die, die mittendrin steckten. Und genauso wenig war es von Nutzen, sich über die auf der anderen Seite den Kopf zu zerbrechen. Dass das vielleicht auch Menschen waren, mit Familien, mit Gefühlen. Denn genau so was nährte letztendlich nur die eigenen Schwächen. Was man sich definitiv nicht erlauben konnte, wenn es um das eigene Überleben ging.

Wann hatte das eigentlich angefangen? Und wie? Hätte man jeden Einzelnen gefragt, jeder hätte etwas anderes erzählt. Die Wahrnehmung eines Krieges und seiner Gründe war von jeher auch etwas sehr Subjektives, etwas sehr Individuelles! Je größer eine Armee umso höher die Zahl der verschiedenen Empfindungen und Motive, da täuschte auch die Zugehörigkeit zum selben Befehlsgeber nicht drüber hinweg.

Waren es früher ausschließlich die Männer gewesen, die man an die Front schickte, waren jetzt auch viele Frauen dabei. Die, so hatte es Erdmann beobachtet, nicht nur oftmals weniger zimperlich, sondern erstaunlicherweise sogar brutaler zu Werke gingen. Da hatte sich im Laufe der Jahrzehnte eine Menge geändert. Dem Privatmann Erdmann war das zwar nach wie vor suspekt, dem Truppenführer Erdmann aber kam das selbstverständlich gelegen.

Auch jetzt, in dieser kurzen Gefechtspause, wirkten viele der weiblichen Kämpfer entschlossener, ja auch wütender als viele der männlichen.

Ein letztes Mal erhob ihr Anführer die Stimme.

»Wenn ihr da jetzt wieder rausgeht, dann passt auf euch auf! Denkt daran, dass eure Familien auf euch warten. Eure Frauen und Männer, eure Kinder! Aber wenn trotzdem einem von euch etwas zustoßen sollte, dann will ich, dass ihr wisst, dass das nicht umsonst war! Das hier ist richtig, und dafür kämpft ihr! Für das Richtige! Und ich bin sicher, dass Gott das auch so sieht!«

Jetzt standen alle seine Leute in Reih und Glied vor ihm. Schauten ihn ernst an, wohl wissend um die Schwere, aber auch die Bedeutung der Lage. Eine Sirene heulte. Erdmann salutierte und gab ihnen mit einem zackigen Nicken zu verstehen, dass es jetzt Zeit war für sie. Dann schaute er ihnen hinterher, wie sie mit gleichmäßigem Schritt den Raum verließen, einer nach dem anderen. Keiner sprach auch nur eine Silbe.

Anspannung erfüllte die Luft, Angstschweiß und Konzentration. Nur wenige Sekunden später waren er und Dünkweber allein.

»Eine gute Mannschaft«, murmelte Erdmann leise, aber sein treuer Gefährte hatte es genau verstanden!

»Eine sehr gute!«, fügte er an. »Soll ich derweil die Pläne anfertigen?«

»Welche meinst du, Dünkweber?«

»Na, die Stunden- und Vertretungspläne für die nächste Woche. So kurz nach den Sommerferien sind doch immer alle froh, wenn alles gut und übersichtlich organisiert ist!«

Erdmann nickte seinem Konrektor dankbar zu und warf dann einen prüfenden Blick aus dem Fenster. In seiner Zeit als Schulleiter hatte er eine Menge Lehrer kommen und gehen sehen, aber die von eben gehörten einwandfrei zu den besseren. Natürlich wusste er um die Schwierigkeiten, die ein Jahrgang Sechstklässler machen konnte, aber sein Bauchgefühl signalisierte ihm, dem Profi, der schon so lange dabei war, dass er die Richtigen da raus geschickt hatte. Jetzt, wo die große Pause vorbei war und es kein Zurück mehr gab …

Münchhausen

Seit Jahrhunderten erfreuen sich die Menschen an den ersponnenen Geschichten des berühmten Lügenbarons. Dass aber auch bezüglich seiner Herkunft gemogelt wurde, indem man behauptete, dass es sich bei ihm um einen deutschen Adligen aus dem Kurfürstentum Braunschweig-Lüneburg gehandelt habe, ist schon dreist!

Anrufbeantworter der Familie Gerhardt

»Hallo, Frau Gerhardt, hier de Bruno Hässler von der Firma Hässler in Dietzebach! Frau Gerhardt, da Sie grad net da sind und meine Sekretärin, die Moni, kurz vor de Geburt steht – es werd übrigens schon widder en Mädsche … der Vadder werd noch verrückt … des is jetzt schon des dritte Mädsche in Serie … egal – also, weil die Moni grad net da ist und ich für den ganze Schreibkram kaa Zeit hab, sprech ich Ihne einfach kurz hier auf Ihren AB. Sie hatte mich ja gebete, Ihne en Kostevoranschlach weschen der Renovierung in Ihrem Haus zu mache! Also mach ich des jetzt ma grad.

Fange mer mim Wohnzimmer an, dem gude Stück. Da Sie uns ja freie Hand gelasse habbe, habbe mer uns für an die Wänd für ›Sandstein-Optik‹ entschiede! Des is voll im Trend und auch voll de Hit im Moment. Wir tragen en schöne, robuste und wasserfeste Modellierputz uff, und den streiche mer dann so, dass Sie denke, Sie hocke mitten in de Sahara!

Dadezu en eher dunkle Granitboden mit versetzten Parkettelemente … mehr im Trend geht net, des könne Se mer glaube!

Gut, im Esszimmer wern mer mit ›Marmor-Optik‹ schaffe, des sieht net nur edel aus, des gibt aach was her! Mir schwebt en dezentes Cremetöncher vor … ach, lasse Se sich überrasche, ich werd des so geil streiche, dass Ihne selbst noch en verbrannte Schnitzellappe in Zukunft so gut schmeckt wie aus de Pariser Ood Qui … ood Cusi … also so, als hätt Ihne des Ihre Pariser Kusine zubereitet … falls Sie eine habbe! Hähä, en klaane Scherz … so viel Zeit muss sein, ge, Frau Gerhardt?

Un weiter: In der Küche würd ich gern mit 'ner Modulküche im Baukästschersystem arbeite, und des Ganze, ich sach ma, asiatisch angelescht. Also e Kombi aus Zen und Chrom! Herd, Ofe, Kühlschränksche und so weiter aus unverwüstbarem Stahl wie se's sonst nur in de Raumfahrt benutze, und dadezu wasser- und fettresistente Tapete mit Lotusblümscher druff … edel halt, aber eben auch abwaschbar! Ihrn Eingangsbereich werden wir mit 'ner samtisch glänzenden Optik versehe! Mer schwebt da en Glitzerlook vor, gold oder silber. Es muss halt so sein, dass dem Besucher schon beim Betrete, ich sach ma … aaner abgeht vor Begeisterung!

Was hab ich denn noch net erwähnt? Ah, jetzt weiß ich's wieder … es Schlafzimmer! Da bleibt's, wie bereits besproche, beim indische Stil! Ich hab mir erlaubt, dadezu die Originalfarben zu bestelle, die se in Indien nemme, wenn se em Maradscha die Bude neu streiche! Dazu en Messingbett in XXL und Mahagoniparkett mit Perserteppichläufern. Gut, die Kerle da drübbe habbe ja meist noch 'n extra Schlafplatz für ihrn Lieblingselefant, aber des brauche Sie ja hier net. Ganz abgesehen davon, dass Ihrn Gatte ja eh neber Ihnen liescht! Klaane Scherz, Herr Gerhardt, nur en klaane Scherz.

Bei dene Gästezimmer denk ich, könne mer's beim Landhausstil belasse ... also alles in Weiß gehalte, wobei mer die Wänd tatsächlich mit original dänischem Holz bestücken, das mer dann mit einer weißen Lasur so tränke, dass es neu und doch auch net ganz neu aussieht. Wie wenn mei Frau vom Friseur kimmt! Net schlecht, gell? Macht mer jedenfalls in Dänemark grad so ... und Sie wisse ja: Dänen lügen nicht! Tut mer leid, aber den Kracher konnt ich mir grad net verkneife! Eia, en verrücktes Huhn is en verrücktes Huhn.

So ... bleibt noch Ihr Bad. Da würd ich sache: Wasserfeste hellgraue Holzböden aus Kanada, kombiniert mit anthrazitfarbener Badezimmertapete von der New Yorker Firma »Cleanmen & Son«, bei dene kauft derzeit im Prinzip ganz Hollywood ein. Waschbecke, Dusche und WC natürlich in edlem Chrom. Ich würd sache, da kann de Tom Kruss oder die Tschulia Roppertz gern ma zum Dusche vorbeikomme, oder?

Jetzt ma Spaß beiseite ... des is jetzt erste ma, grob gesacht, des, was mer mache wern. Wir käme also dann, wenn Sie mit allem einverstanne sind, am Montag um Punkt zehn Uhr! Da wir en Team von zwölf Leute habbe, die alle parallel arbeite, wern mer des locker bis siebzehn Uhr schaffe. Sie brauche sich auch keine Sorgen von wegen Dreck oder so zu mache! Einer meiner Leute ist nur dadefür abgestellt, jedem vom Team die Schuhe vorm Hausbetreten zu reinischen und etwaige Unreinheite direkt vor Ort mit einem besonners starken Hochdruckturbosauger zu beseitischen! Während dem Mittagspäusche sind Sie uns natürlich erst mal los, da treffen sich alle in unserm firmeneigenen Firmentrailer, wo sich eine Köchin um das Wohl meines Handwerkerteams kümmert. Übrigens ist die Dame gleichzeitisch ausgebildete Ambulanzärztin und ausgebildete Pädagogin, kann also im Falle einer Verletzung sofort hilfreich zur Seite stehen, oder auch den Kinnern meiner Mitarbeiter bei de Hausaufgabe helfe. Wenn es Sie übrigens interessiert, dann könne Se uns auch gern in de Mittagspaus besuche! Mer veranstalten dann nämlich immer unseren kleinen Literaturkreis, des heißt, mer sitzen zusammen und besprechen Bücher, die alle nach Feierabend gelesen habbe! Letzten Monat hatte mer sämtliche Bücher vom Kafka gelese, des war was! Wisse Se, der schreibt ja mitunter so was von dramatisch … ich sach Ihne, mer habbe mehr geflennt als wie gelese! Freitags lese mer allerdings net, dafür lade ich da immer Fachleute zu Themen wie Steuern, Arbeitnehmerrecht oder Versicherungswesen ein, die meinen Jungs im Falle etwaischer Unklarheite wertvolle Tipps geben könne! Gibt ja immer ma Dinge, die man net weiß, ge? Nächste Woche kimmt übrigens de Günter Wallraff, damit er meinen Leuten noch mal ausführlich erklärt, warum man die ›Bild‹ net lesen soll!

Wie gesacht, um siebzehn Uhr sind mer dann auch schon wieder fort. Ich selbst wird es allerdings erst so ab zwölf Uhr mittags schaffe dazuzustoße, da ich gerade am Stadtrand die neue Wohnsiedlung für meine Mitarbeiter bau und natürlich gucke will, dass die da bei dene Sechzehn-Zimmer-Häuser mit Garte und Pool nix verkehrt mache! Ich hoffe, Sie nemme mir des net übel!

So, und jetzt wern Sie wisse wolle, was Sie das unnerm Strich alles kostet. Warte Se … ich hab's ausgerechnet und uffgeschribbe … wo is der Zettel … da is er, de Zettel … also, alles summa summarum macht des inklusive Arbeitszeit und Material exakt achthunnert Euro. Wobei ich kleinlaut anfüge muss, dass da dann noch die Mehrwertsteuer dazukommt! Dass Sie selbstverständlich Garantie uff alles und auch noch ein Einspruchsrecht von zwei Jahrn habbe, für den Fall, dass Ihne plötzlich was doch net gefällt und wir des umbaue solle, is ja eh klar! Gut, dann freu ich mich auf Ihne Ihrn Rückruf, Sie könne gern auch nachts anrufe, da ich uffgrund meiner sehr gesunden Lebensweise nur wenisch Schlaf brauch. Tschüssi … Ihne Ihrn Bruno Hässler!«

Zweiter Anruf auf dem AB der Familie Gerhardt, eine Minute später.

»Hier noch ma de Bruno Hässler! Wenn Sie mir bis zum Ende von de Woch zusache, gibt's natürlich noch ema vierzehn Prozentscher Skonto! Tschö!«

Der Name der Rose

Dieser ausgesprochen spannende Mittelalter-Krimi gehört zu den erfolgreichsten Werken von Umberto Eco. Der Franziskanerpater William von Baskerville wird mit der Aufgabe betreut, einen Mönch-Serienkiller in einem alten, düsteren Kloster zu finden. Das gelingt ihm gegen Ende auch, nutzt aber nicht viel, weil es ein desaströses Feuer in der Bibliothek gibt, das das gesamte Gebäude inklusive Beweismaterial zerstört. Bis heute beschäftigen sich Bücher wie beispielsweise »Das Geheimnis der Rose entschlüsselt« mit den vielen offenen Fragen, die dieser Roman hinterlassen hat. Doch auf eine Frage fand man bislang keine Antwort, nämlich: Wer hatte das alles zerstörende Feuer überhaupt gelegt? Hier die Antwort …

Es war einige Monate später. Die Ruine bot ein Bild des Jammers. Die verrußten Mauerreste und die verkohlten Türen und Fenster ließen vergessen, dass hier noch vor Kurzem eine komplette Abtei gestanden hatte. Und auch der Wald ringsherum schien seitdem betreten zu schweigen. Lediglich zwei Eulen, Jutta und Renate, die auf einem Baum saßen und nachdenklich auf das blickten, was da an Überresten vor ihnen lag und stellenweise noch vor sich hin kokelte, sorgten für ein wenig Unterbrechung der gespenstischen Stille …

Jutta

»Eieiei … sieht echt übel aus …«

Renate

»Des stimmt!«

Jutta

»Voll abgefackelt!«

Renate

»Aber so was von voll ...«

Jutta

»Es heißt ja, aaner von dene Mönche soll's gewese sein ...«

Renate

»Schee wär's!«

Jutta

»Wieso sagst'n du des?«

Renate

»Ei, weil es net so war!«

Jutta

»Du meinst, es war gar kein Mönch?«

Renate

»Richtisch!«

Jutta

»Hast du gesehe, wie's passiert ist?«

Renate

»Des kann man so sache!«

Jutta

»Echt?«

Renate

»Sach ich doch!«

Jutta

»Im Ernst?«

Renate

»Ja!«

Jutta

»Ohne Quatsch?«

Renate

»Sach ma, bist du bescheuert? Wie oft willst du denn noch fragen?«

Jutta

»Is ja gut! Also, dann erzähl mal ...!«

Renate (räuspert sich)

»Genau genomme war's die Motte!«

Jutta

»Was für 'ne Motte?«

Renate

»Ei, ich ess doch so gern Motte! Nix gegen Schnecke oder Mäusscher ... aber Motte sind des Allerbeste! Da könnt ich aaner für umbringe, so lecker sind die ...«

Jutta

»Und was hat deine Vorliebe für Motte mit dem abgebrannte Wrack hier zu tun?«

Renate

»Ich sach ma ... relativ viel!«

Jutta

»Also?«

Renate

»Des war abends. Ich saß da drübbe, wo des Haupttor war, auf 'nem Baum ...«

Jutta

»Da ist doch gar kein Baum!«

Renate

»Weil der auch abgefackelt ist, du blöde Nuss! Jedenfalls saß ich da und hab auf de Eingang geguckt!«

Jutta

»Wieso?«

Renate

»Weil ich davorsaß, du Halbhirn. Hätt ich hinnerm Kloster gesesse, hätt ich uff de Garte geguckt. Ich saß aber zufällisch vorne!«

Jutta

»Sei man net so gereizt! Un weiter?«

Renate atmete tief durch, um sich jetzt wieder zu sammeln.

Renate

»Ich guck also so druff. Plötzlich geht des Tor uff, und einer von dene Mönche kimmt raus, schaut sich um, ob ihn jemand sieht, und lässt dann … ich sach ma … Luft ab!«

Jutta

»Du meinst, er hat einen abgeballert? Bumba gemacht? Darmfanfare?«

Renate

»Volles Rohr! En Kanoneschlach is en Scheißdreck dagegen! Die ganze Kutte is auf einmal aufgegange wie en Ballon beim Aufblase!«

Jutta

»… da kann er froh sein, dass er net abgehoben ist!
Und weiter?«

Renate

»Und dann kam die Motte! Was heißt ›Motte‹? Ein Prachtexemplar! Wenn dieser Rubens statt Weiber Motte gemalt hätt... so hätte die ausgesehen! Und grad als der Mönch wieder neigehe will, seh ich sie. Wie sie, angezogen vom Licht im Kloster, an ihm vorbeifliescht! Ich sach dir, bevor ich überhaupt nur einen Gedanke gedacht hab' bin ich hinnerher! Und schon war ich drin im Kloster!«

Jutta

»Da dürfen doch eigentlich nur Mönche nei...«

Renate

»Ja, aber ich hatte Hunger wie die Sau!«

Jutta

»Und die Motte?«

Renate

»Die hat natürlich Gas gegebbe, als sie mich entdeckt hat!«

Jutta

»Und... haste se gekriegt?«

Renate

»Wie mers nimmt. Erst mal isse ins Refektorium geflogen!«

Jutta

»Was issen des?«

Renate

»Des is de Speisesaal!«

Jutta

»Woher weißt'n du des?«

Renate

»Weil es an der Tür dranstand!«

Jutta

»Verstehe! Und da saßen dann die Jungs und ham gefuttert!«

Renate

»Einer saß da. Nur einer...«

Jutta

»Und was hat der gegesse?«

Renate

»Hähnscheschenkel!«

Jutta

»Hähnscheschenkel?«

Renate

»Ja, Hähnscheschenkel...«

Jutta

»Also, ganz normale Hähnscheschenkel?«

Renate

»Ich sach's doch! Hähnscheschenkel. Leider...«

Jutta

»Wieso ›leider‹?«

Renate

»Weil er, als wir da reingebrettert sind, so erschrocke ist, dass er sich total verschluckt hat!«

Jutta

»Am Knoche?«

Renate

»Am Knoche!«

Jutta

»Vom Hähnscheschenkel?«

Renate

»Vom Hähnscheschenkel!«

Jutta

»Mannometer!«

Renate

»Erst isser blau angelaufe, dann lila, dann dunkellila!«

Jutta

»Und dann?«

Renate

»... sind wir rausgeflogen. Und schon warn wir im Dormitorium ...«

Jutta

»Was?«

Renate

»So heiße die Schlafräume bei dene!«

Jutta

»Klar!«

Renate

»Da waren zwei Mönche drin. Der eine hat grad sein Bett gemacht, und der annern hat sich an so 'nem Waschtrog rasiert! Und als der uns über sich entdeckt hat, ist der Dollbohrer aus Versehen mit dem Rasiermesser abgerutscht! Am Hals! Ich hab schon viel gesehen in meinem Leben, aber so eine Fontäne noch nie!«

Jutta

»Ach, du liebe Zeit! Hat den denn niemand rette könne?«

Renate

»Net im klassischen Sinne! Weil er nämlich in dem Moment, wo ihm sein Kumpel helfe wollt, so blöd ausgerutscht ist, dass er dem mit dem Messer genau ins Ohr gestoche hat. Du, des Messer war bis zum Anschlag ...«

Jutta (angewidert)

»Schon gut! Wo seid Ihr dann hingeflogen?«

Renate

»Ei, ins Necessarium!«

Jutta

»Wohin auch sonst!«

Renate

»Des is de Bedürfnisraum!«

Jutta

»Die gebbe selbst noch ihrem Klo en lateinische Namen, die Spinner! Und da…?

Renate

»Da saß auch einer und hat… na, du weißt schon! Jedenfalls hat er uns gar net gesehen.«

Jutta (aufatmend)

»Gott sei Dank!«

Renate

»… aber dann kam der Typ mit dem Messer im Ohr neigestolpert, und hat geschrien: ›Ich hab en Messer im Ohr! Ich hab en Messer im Ohr!‹, und den hat er gesehen! Dann hat er sich an die Brust gefasst und is vorneübber von de Schüssel gefalle…«

Jutta

»Ach, du Scheiße!«

Renate

»Des kann man so sagen. Na ja, und zum Schluss sind die Motte und ich dann in die Bibliothek nei!«

Jutta

»Die hab ich mal von auße durchs Fenster gesehe! En Haufe Bücher!«

Renate

»Neuntausendsiebenhundertdreiunddreißig!«

Jutta

»Woher weißt'n du des so genau?«

Renate

»Gleich. Jedenfalls saßen da en gutes Dutzend Mönche und warn schwer am Lese. Und natürlich überall Fackele und Kerzscher... damit se auch alles gut erkenne könne!«

Jutta

»Ei ja, klar, sonst siehste ja nix...«

Renate

»Genau!«

Jutta

»Und was habt ihr dann bei dene angestellt?«

Renate

»Wir? Gar nix! Denn plötzlich ist wieder der mim Messer im Ohr reingerannt gekomme...«

Jutta

»Der schon widder?«

Renate

»Ja! Und hat geschrien: ›Ich hab en Messer im Ohr!Ich hab en Messer im Ohr!‹«

Jutta

»Hat er des echt immer zweimal gerufe?«

Renate

»Ob jetzt zweimal oder sechsmal, ist doch vollkommen egal!«

Jutta

»Na ja... sechsmal wär schon e bissi depp!«

Renate

»Jutta!«

Jutta

»Tschuldigung! Und weiter?«

Renate

»Und dann hat er auf mich gezeigt und gerufe: ›Und die da ist dran schuld!‹ Und dann hat er en Buch gegriffe und nach mir geworfen!«

Jutta

»Was für'n Buch?«

Renate

»Den Titel hab ich net gelese! Des Buch is jedenfalls an mir vorbeigeflogen und hat statt mir die Motte getroffe. Worauf die benomme eine von dene Fackele gestreift hat... und daraufhin angefange hat zu brenne!«

Jutta

»Und dann isse in der Luft verbrannt?«

Renate

»Des wär im Nachhinein betrachtet vermutlich des Beste gewesen. Sie ist aber stattdessen ganz obbe auf die Bücherwand geflogen ...«

Jutta

»... und ist dann verbrannt!«

Renate

»Mit Sicherheit! Bei dene Flamme!«

Jutta

»Was denn für Flamme?«

Renate

»Ei, von dene Bücher, die dann angefange habbe zu brenne!«

Jutta

»Was?!«

Renate

»Worauf dann aaner von dene Mönche geschrien hat: ›Feuer! Feuer! Unsere neuntausendsiebenhundertdreiunddreißig Bücher sind in Gefahr!‹«

Jutta

»Wieso hat en der des so genau gewusst? Meinste, der hat die echt alle gezählt?«

Renate

»Des weiß ich doch net! Ei ja, was soll ich sagen … so kam dann eins zum annern … Ich hab's jedenfalls grad noch durch den Kamin nach obbe geschafft! Was witzischereise der einzige Ort war, an dem es net gebrannt hat!«

Jutta

»Da haste ja grad noch ema Glück gehabt!«

Renate

»Des kann mer so sache …!«

Für einen Moment nickten beide stumm, um sich dann erneut der Klosterruine zu widmen.

Jutta

»Sieht echt übel aus …«

Renate

»Des stimmt …«

Jutta

»Voll abgefackelt …«

Renate

»Aber so was von voll …«

Die Abenteuer des Tom Sawyer

Das 1876 erschienene Buch zählt zweifelsohne zu den erfolgreichsten Romanen der Jugendliteratur und wurde dementsprechend in Hunderte von Sprachen übersetzt und über ein Dutzend Mal verfilmt. Und so spannend und teilweise dramatisch das Buch um den jungen Tom Sawyer und seinen Kumpel Huckleberry Finn und ihre Abenteuer auch sein mag, das berühmteste und wohl auch nachhaltigste Kapitel des Romans von Mark Twain ist eines der wenigen wirklich lustigen. Nämlich das, in dem erzählt wird, wie Tom zur Strafe dazu verdonnert wird, einen sehr langen Zaun zu streichen. Und wie er alle möglichen Kinder aus der Nachbarschaft dank seiner Überredungskunst dazu bringt, es als Ehre zu empfinden, ihm diese Arbeit abzunehmen. Ja, dass sie dafür sogar mit Dingen aus ihrem Besitz bezahlen. Am Ende ist der Zaun gleich mehrfach gestrichen, ohne dass er auch nur einen Finger gekrümmt hat. Eigentlich eine schöne Idee … nur komisch, dass sich ausgerechnet ein paar Monate vorher etwas zugetragen hatte, das … ach … lesen Sie selbst …

Draußen regnete es. Und das passte. Denn so prunkvoll, bequem und angenehm das Leben eines Königs eigentlich auch angelegt war, so galt das in diesen Tagen nicht für ihn. Alfons XIII. hatte Probleme. In seinem Königreich Spanien ging es zurzeit nämlich drunter und drüber. Nicht nur, dass sich die verschiedenen politischen und vor allem sozialen Gruppierungen im Land immer häufiger gegenseitig die Birne einschlugen und dass sämtliche Reformen, die er sich so ausgedacht hatte, nicht griffen, weil sie niemand kapierte. Nein, dazu kam auch noch, dass das Loch im Staatssäckel mittlerweile so groß war, dass nicht nur der Unmut des gesamten Volkes stündlich wuchs, sondern er auch noch seinen geliebten Kindern statt wöchentlich nur noch monatlich einen Königspudel schenken konnte. Das war für ihn, den Vater Alfons, besonders bitter, denn schon seit Generationen war es üblich, dass man seinen Kindern immer montags einen neuen Königspudel übergab. Was diese (also die Kinder, die Pudel jetzt weniger) seit Generationen Woche für Woche erfreute, denn dank der Gewissheit, dass es ja bald wieder einen neuen gäbe, konnte man damit machen, was man wollte. Manche Kinder verpassten ihnen, und das war eine der harmlosen Varianten, merkwürdige Frisuren oder schnitten ihnen unanständige Wörter in ihr Fell. Andere, und das war schon zumindest weniger harmlos, buddelten sie in irgendwelchen öffentlichen Parkanlagen bis zum Kopf ein und schmückten ihre Köpfe mit Blumen, um sich dann diebisch zu freuen, wenn nichtsahnende Spaziergänger urplötzlich von offenbar äußerst gereizten Tulpen oder Vergissmeinnicht angebellt wurden. Und wiederum andere experimentierten, und jetzt sind wir bei den definitiv gar nicht mehr harmlosen Varianten, und testeten an den Tieren, ob sie später lieber Chirurg oder doch eher Proktologe werden wollten – meist mit selbst gebasteltem Werkzeug! Oder probierten was mit Nitroglyzerin.

Was aber wie gesagt nur ging, weil es ja montags immer Königspudelnachschub gab.

Alfons XIII. jedenfalls bedauerte dies alles zutiefst, während er durchs Fenster dem Regen zuschaute. In diesem Moment betrat Miguel, der königliche Chefkoch, das Zimmer des Monarchen, in der Hand eine alte Metallpfanne.

»Was ist denn damit?«, fragte Alfons gereizt.

»Nun«, antwortete Miguel, »das hier könnte ich Eurer königlichen Hoheit heute als abendliche Mahlzeit anbieten!«

Der König warf einen skeptischen Blick in die Pfanne.

»Was denn? Einfach nur gebratenen Reis?«

»Nun, unsere finanzielle Lage ist derzeit, ich sage mal, etwas schwierig. Ganz abgesehen davon, dass ich bis auf mich das gesamte Küchenpersonal entlassen musste, sind die Küchenvorräte so gut wie aufgebraucht und meine Möglichkeiten dementsprechend begrenzt. Aber es ist guter Reis und zudem ausgesprochen nahrhaft!«

Alfons' Stirn bildete Falten des Unbehagens.

»Ich kann doch als König nicht nur angebratenen Reis essen. Geschweige denn meine Kinder, meine Gemahlin sowie meine weiteren Angehörigen!«

Miguel begriff, dass da zwar irgendwie was dran war, ihm aber auch aus den genannten Gründen die Gourmethände gebunden waren.

»Und jetzt?«

Das Staatsoberhaupt überlegte und schaute erneut aus dem Fenster. Unten sah er Javier, den alten Gärtner, der offensichtlich noch nicht der Entlassungswelle am Hof zum Opfer gefallen war und der gerade alles Mögliche an Pflanzen und vergammelten Früchten auf den großen Komposthaufen warf. Plötzlich erhellte sich sein eben noch finsterer Gesichtsausdruck!

»Ich glaube, ich habe da eine Idee! Oppa!«

Er klatschte laut in die Hände, worauf nur Sekunden später sein persönlicher Berater in den Raum eilte.

»Mein lieber Oppa, hör gut zu«, empfing ihn Alfons. Der Berater hasste diesen Spitznamen, denn von Haus aus hieß er Oliverio-Pepillo-Prospero-Anselmo de Marquez, aber weil seinem Arbeitgeber diese kunstvolle Namenskreation zu kompliziert erschien (»Das kann sich doch keine Sau merken!«) hatte der diese auf das Rüdeste abgekürzt. Was nicht nur unter ästhetischen Gesichtspunkten wehtat, sondern auch deshalb so unpassend war, weil er erst vor Kurzem gerade mal seinen siebenundzwanzigsten Geburtstag gefeiert hatte! Wie auch immer, Alfons wollte etwas von ihm, also setzte er sich an das Schreibpult aus Mandelbaumholz, zückte sein Schreibgerät und wartete auf Instruktionen.

»Also, Oppa, Folgendes müsst Ihr mir besorgen. Ich brauche eine große Pfanne, deutlich größer als die, die der Koch hat. Ich brauche einen großen hitzebeständigen Behälter, in dem ich ein Feuer entfachen kann, und vor allem brauche ich eine so gute Verkleidung, dass mich jeder da draußen für eine arme alte Frau hält!«

Oppa musterte ihn kurz von der Seite.

»Hm«, dachte er, »wenn ich mir seinen dicken Körper mit den speckigen Brüstchen, sein verweichlichtes Gesicht und seine langen fettigen Haare so anschaue, dürfte Letzteres das geringste Problem sein! Selbst ohne Kostümierung …«

Kurz drauf verließ der König, verkleidet als altes Weib, auf einem wackligen Pferdewagen das Schloss, um nach Madrid zu fahren. Dort angekommen, suchte er sich auf dem zentral gelegenen Marktplatz einen strategisch besonders günstigen Platz. Dann entfachte er in einem großen Eisenkessel ein Feuer und schüttete trockenen Reis in die Pfanne, die er nun über die Flammen hielt. Schon kurz drauf blieb eine junge Marktfrau bei ihm stehen und betrachtete kopfschüttelnd sein Tun.

»Was macht Ihr denn da, alte Frau?«, fragte sie.

»Ich koche mir mein Essen!«, krächzte der König zurück.

»Aber das ist nur Reis! Das schmeckt doch gar nicht!«

»Doch!«

»Nein!«

»Doch!«

»Warum tut Ihr denn nicht noch etwas anderes dazu?«

»Was denn zum Beispiel?«, fragte der König und legte ein erstaunlich glaubwürdiges Maß an Naivität in seine Stimme.

»Nun, ich hätte hier zum Beispiel ein frisches und edles Gewürz namens Safran, das würde es schon schmackhafter machen. Außerdem würde es Eurem Reis eine wunderschöne, goldgelbe Farbe verleihen!«

»Safran? Nein, ich glaube nicht, dass das passt!«

»Ich kenn mich aus, ich weiß, was schmeckt!«

»Nein, für kein Geld der Welt würde ich das meinem Reis antun!«

»Ach ja? Und was ist, wenn ich Euch hundert Peseten gebe, damit ich Euch den Safran in die Pfanne schneiden darf?«

»Hmmmm«, stöhnte er, wie es auch alte Weiber nicht besser konnten, »ich weiß nicht …«

Der König machte seine Sache gut!

»Na gut … zweihundert, mehr hab ich nicht!«

»Also meinetwegen … aber nur unter der Bedingung, dass Ihr mich nicht länger anbettelt!«

Kurz drauf hielt er das Geld in seiner Hand und sah der Marktfrau beim Safranschnippeln zu. Ein Mann in feinem Zwirn, offensichtlich ein Handlungsreisender, hatte die Szene beobachtet.

»Suçuk wäre gut!«, sagte er mit wissendem Nicken.

»Nein, um Gottes willen, ich will doch keinen kompletten Vogel braten!«, empörte sich der Staatschef.

»Nicht ›Kuckuck‹ sondern ›Suçuk‹! Das ist türkische Knoblauchwurst!«

Und weil er bereits mitbekommen hatte, wie das hier lief, drückte er der alten Schabracke mit der Pfanne ebenfalls zweihundert Peseten in die Hand, um dann aus einem Beutel fingerlange Würste zum Reis und dem Safran zu schütten. Jetzt war die Sache am Laufen! In kürzester Zeit bildete sich eine lange Menschenschlange. Und jeder bestand darauf, die entscheidende Zutat, nämlich die seine, in die Pfanne zu werfen.

Huhn, Schweinerippen, Kaninchen, Stücke vom Königspudel, kleine Schnecken, geriebene Tomaten, in Streifen geschnittene Paprikaschoten, grüne Bohnen, rote Bohnen, aber auch weiße Bohnen, Artischocken usw. Auch weitere Gewürze wurden dazugegeben, genauso wie getrocknete Kakerlaken, geriebener Pferdedung, Holzstücke, Nägel und verschiedene Sorten von Kieselsteinen.

Schließlich war nichts in der Pfanne, was es nicht gab.

»So«, rief der König in Frauenkleidern, »und wer will als Erster probieren?«

Jeder wollte. Was sehr gut war, denn so konnte er das eben erst bewährte Prinzip gleich ein zweites Mal anwenden.

»Na schön … dann darf der zuerst, der dafür das meiste bietet! Und danach der am zweitmeisten bezahlt«

Und wieder stapelten sich die Peseten, die er mittlerweile vorsichtigerweise unter seinem alten Gewand aufbewahrte. Als die Pfanne schließlich leer gegessen und auch der letzte Kunde zufrieden von dannen getrottet war, machte sich auch der König gut gelaunt auf den Weg ins heimatliche Schloss. Hatte er doch tatsächlich das erste Mal in seiner Amtszeit eine brauchbare Idee gehabt und dank dieser sogar ausgesprochen gut gewirtschaftet. Wenn auch weniger zugunsten seines Landes als mehr in die eigene Tasche, aber das waren spitzfindige Details, über die sich ein König nun wirklich nicht den Kopf zerbrechen musste. Was übrigens auch im wahrsten Sinne des Wortes überflüssig gewesen wäre, da während seiner Abwesenheit sein eigener Sohn Juan und Oppa daheim in einem intensiven Austausch ihre beiderseitige Abneigung ihm gegenüber festgestellt, ihn deswegen kurz darauf öffentlich der exzessiven Korruption bezichtigt und dem immer ärmer werdenden Volk endlich einen Sündenbock präsentiert hatten, den man wiederum nur wenige Tage später per Guillotine von seinem Amt befreite.

Aber auch wenn der Abgang des Königs eher unrühmlich gewesen war, muss man dennoch anerkennend resümieren, dass Alfons XIII. aufgrund dieses Tages auf dem Marktplatz seinem Land gleich zwei wichtige Dinge hinterlassen hatte: nämlich die Paella und die Vergnügungssteuer!

Der Vorleser/The King's Speech

Dieser Fund offenbarte gleich zwei spektakuläre Irrtümer. Nämlich zum Ersten, dass der dreiteilige Roman von Bernhard Schlink um den Protagonisten Michael Berg so nicht stimmte, und zum Zweiten, dass auch die Idee zum preisgekrönten Film »The King's Speech« offensichtlich nicht auf kreativer Eigenleistung basiert …

»Mitit … deder … mit der … Nmmm … mit de Numnum …«

Es war, als hätte ihm jemand flüssigen Gips auf die Zunge gegossen, der nun schnell immer zäher und immer härter wurde.

Dabei hätte Jan es wissen müssen! Dass es falsch gewesen war, diesen Job anzunehmen. Dass die Menge da unten und vor allem die Millionen vor den Fernsehschirmen ihn spätestens in ein paar Minuten für total bescheuert halten würden! Dass das hier schon bald im Internet kursieren würde wie eine schlimme Grippe. Ausgerechnet er, einer der bekanntesten Schauspieler des Landes, der auch aus einer mittelmäßig geschriebenen Rolle noch Großes herausholen konnte. Der aufgrund seiner Ausdrucksstärke und seines Charismas von allen bewundert wurde. Der, wenn er den »Tatort«-Kommissar gab, die besten Quoten einfuhr. »Noch!«, dachte er. Denn das hier würde sein Leben verändern. In eine deutlich schwierigere Richtung. Die Medien würden ihn nicht nur opfern, sie würden ihn, den vermeintlich Unfehlbaren, sezieren wie eine tote Ratte im Versuchslabor. Nur dass er dabei noch lebte.

Was für eine unfassbar peinliche Nummer!

Dabei hatte es ja tatsächlich schon damals Warnsignale gegeben. In Form von gleich zwei Schlüsselerlebnissen, die ihm laut und deutlich gezeigt hatten, dass er kein guter Vorleser war. Dass er zwar ausgezeichnet frei reden konnte und Meister des Auswendiglernens gewesen war… aber eben kein guter Vorleser.

Schlüsselerlebnis Nummer eins lag schon weit über zwanzig Jahre zurück. Da war er an diesem Sonntagnachmittag bei Freunden eingeladen gewesen, Grete und Per. Beide etwas älter als er und schon Eltern zweier Kinder. Mädchen und Junge, fünf und sieben Jahre alt. Es war so ein Tag mit »Familienanschluss«, mit Fußballspielen im Garten, Kaffee und Kuchen, Grillen usw. Dann war es neunzehn Uhr, und die Kinder mussten ins Bett. Und als sie dann kurz darauf in ihren drolligen Schlafanzügen auf der Terrasse zum »Gute Nacht«-Sagen standen, meinte das Mädchen plötzlich: »Wir kriegen doch vorm Heiamachen immer noch was vorgelesen! Das kann doch heute mal der Onkel Jan machen!«

Die Eltern verneinten natürlich aus Höflichkeit dem Gast gegenüber, aber der fand das gut. Kurz drauf saß er also neben den beiden Kinderbetten auf einem dieser lustigen, bunten Kinderstühle (Stuhl »Mammut«) und war bereit, das erste Mal in seinem fast achtundzwanzigjährigen Leben Kindern etwas vorzulesen.

»Na, dann wollen wir mal! Was habt ihr denn Schönes für mich?«

Der Junge reichte ihm ein großformatiges Buch mit buntem Einband.

»Hier … Pu der Bär!«

»Ach, schön … das lese ich auch gerade«, scherzte Jan und fing an lesen.

Nach gut zehn Minuten hielt er das erste Mal inne, um vorsichtig über das Buch zu schauen und zu prüfen, ob die beiden schon eingeschlafen waren. Doch das Gegenteil war der Fall! Statt friedlich zu träumen, saßen beide senkrecht im Bett, zitternd in ihre Kopfkissen beißend, während ihnen die Tränen aus ihren aufgerissenen Augen liefen.

»Mein Gott, was hab ich denn vorgelesen?«, murmelte Jan. »Pu der Bär hat ein bisschen Honig aus dem Bienenstock geklaut … das ist doch kein ›Stephen King‹ …«

Er las ein paar weitere Seiten vor, doch die Kinder bissen immer noch weinend in ihre mittlerweile aufgeweichten Kissen. Bis er auf einmal bei genauerem Hinsehen begriff, dass die nicht vor Angst zitterten, sondern vor Lachen! Das waren Lachtränen, die da ihre kleinen Wangen runterliefen.

»Was ist denn an der Geschichte so lustig?«, fragte Jan.

»Na, du!«, antwortete das Mädchen.

Und der Junge ergänzte: »Die Mama liest schon scheiße, aber du bist echt die Krönung!«

Was für eine Demütigung! Was für eine Kränkung! Am liebsten wäre er einfach grußlos aus dem Kinderzimmer gegangen, um sich schnellstmöglich auf den Heimweg zu machen.

Stattdessen fragte er: »Soll ich trotzdem noch zu Ende lesen?«, was die Kinder begeistert bejahten. Also las er zu Ende. Wobei er den eigentlichen Schluss der Geschichte leicht änderte. Nämlich, dass eine Biene den Bären Pu in die Zunge gestochen hätte und der daraufhin jämmerlich erstickt sei! Worauf die Kinder dann auch nicht mehr lachten.

Gut, Kontakt zur Familie hatte er seit damals nicht mehr, aber das jedenfalls war Schlüsselerlebnis Nummer eins.

Nummer zwei folgte nur wenige Wochen später auf dem Bürgeramt. Wo er einen neuen Personalausweis hatte beantragen wollen. Unmittelbar nach dem Betreten des Raumes machte ihm der ältere Herr hinter dem Schalter klar, dass es ein kleines Problem gebe.

»Hörn Sie, junger Mann, ich bin stark weitsichtisch … hab aber mei Brill deheim vergesse. Des heißt, ich kann nix lese! Deswesche müsste Sie mir die Daten von Ihrem alten Perso vorlese, dann tipp ich des in de Computer. Tippe kann ich ja blind, gell?«

»Kein Problem«, antwortete Jan freundlich, »das mache ich doch gern!«

Er war noch nicht bei der Postleitzahl, da lag der Alte auch schon von Lachkrämpfen geschüttelt, nach Luft japsend auf dem Tisch, die Stirn auf die Tastatur seines Computers hämmernd, und gleichzeitig zum Hörer seines Telefons greifend. Nur ein paar Minuten später war die Passstelle voller Rathauskollegen, die sich, während er noch mal und noch mal alle Daten vorlesen musste, tränenüberströmt in den Armen lagen.

Als es Jan langsam zu viel wurde, rief er: »Ich hab jetzt meinen Ausweis zwanzig-, fünfundzwanzigmal vorgelesen, ich will nicht mehr!«

Darauf wühlten sie in ihren Taschen, gaben ihm ihre Ausweise, Reisepässe, Führerscheine, damit er Material für eine Zugabe hatte!

Zwei Tage später rief der Alte vom Passamt bei ihm zu Hause an und fragte, wann er denn genau seinen neuen Ausweis abholen wolle.

»Warum wollen Sie das denn so genau wissen?«, fragte Jan zurück.

»Ei, weschem Vorverkauf!«

Ja, diese beiden Erlebnisse damals waren eigentlich klare Zeichen gewesen, das mit dem Vorlesen besser zu lassen. Was er blöderweise irgendwie vergessen hatte. Oder war es seine Eitelkeit, die ihn das alles einfach hatte verdrängen lassen, als ihn dieses hohe Tier vom DFB angerufen und gefragt hatte. Es sei das alles entscheidende Qualifikationsspiel, dazu auch noch gegen England, das Stadion sei schon seit Monaten ausverkauft, und da würde ihnen ein so populärer Mann wie er als Gaststadionsprecher gut zu Gesicht stehen! Außerdem wäre es kein großes Ding. Der eigentliche Sprecher würde den ganzen Anfang machen, ihn dann hochoffiziell begrüßen und ihm dann das Vorlesen der Mannschaftsaufstellung überlassen. Und ausnahmsweise, weil er ja so beliebt beim Publikum sei und weil ihn die meisten ja aus dem Fernsehen kennen, würde man nicht nur seine Stimme dabei hören, sondern diesen seinen Part per Kamera auch auf den riesigen Videowürfel übertragen. Und natürlich auch in die Wohnzimmer der erwarteten rund dreißig Millionen Fernsehzuschauer. Wie gesagt, kein großes Ding!

»Midder Nummem … mider Nummu … Mid de Numme Einz … Mann … Manno …

Manni … Mannu Neuo …!

Die Sprecherkabine, hier hoch oben auf der Haupttribüne des Stadions, verwandelte sich immer mehr in seine persönliche Todeszelle! Vor ihm das Blatt mit den beiden Mannschaftsaufstellungen. Sowohl der deutschen als auch der englischen Nationalmannschaft. Die sechzigtausend hier im Stadion, die ihn, den Überraschungsgast, eben noch frenetisch begrüßt hatten, waren mittlerweile extrem ruhig geworden. Auch die Spieler beider Mannschaften die da unten auf dem Rasen aufgereiht standen und auf das Erklingen ihrer Nationalhymnen warteten, starrten irritiert auf den riesigen Würfel über ihnen. Genauso wie die achtzig Mitglieder der Militärbigband, die ja nicht anfangen konnten, bevor die Aufstellungen vorgelesen waren. Von dem bekannten Schauspieler da oben.

Hätte man sein Gestammel nur gehört, wäre man vermutlich davon ausgegangen, dass es sich um ein technisches Übertragungsproblem handeln müsse. Aber man sah ihn ja! Wie er mit hochrotem Kopf und schweißnasser Stirn etwas so einfaches wie »Mit der Nummer eins: Manuel Neuer!« nicht herausbrachte.

Erste, vereinzelte Pfiffe mischten sich in die Stille, während es in Jans Kopf hämmerte. Er hatte schon gewusst, warum er mehrmals nachgefragt hatte, ob er die Aufstellung schon ein paar Stunden vorher haben könne, denn dann hätte er sie auswendig gelernt. Was aber nicht ging, weil beide Trainer bis zur letzten Minute nicht damit rausrücken wollten.

Verzweifelt schaute er sich um, vielleicht gab es ja zumindest die Möglichkeit, sich umzubringen. Vielleicht der Klassiker … mit nassen Fingern in eine der Steckdosen? Oder den

Schraubenzieher, den irgendjemand hatte hier liegen lassen, ins Herz rammen, so wie in den Vampirfilmen. Beides jetzt nicht unbedingt einfache Methoden, aber alles besser als das Drama, dessen Hauptdarsteller er gerade war. Langsam schob er seine Hand in Richtung des spitzen, ihn für alle Zeiten erlösenden Werkzeugs. »Du musst ordentlich Schwung holen, sonst wird das nix...«, hörte er sich selber murmeln.

In diesem Moment klopfte es. Erst einmal und eher leise, dann vehementer!

Und während der Schraubenzieher in seiner Hand plötzlich immer undeutlicher wurde, nahm das Klopfen an Lautstärke zu. Dann riss jemand aufgeregt die Tür auf.

»Jan, ich will ja nicht drängeln, aber in zwei Minuten ist Sendung! Im Studio warten alle nur noch auf dich! Und denk an die Schalte ins Trainingslager nach Köln, machen wir direkt vorm Wetter. Der Neuer weiß schon Bescheid, dass du ihn interviewst!«

Jan Hofer atmete erleichtert durch, während er sich rasch den Schlaf aus den Augen rieb. Jetzt war er schon so lange Chefsprecher der »Tagesschau«, hatte in über tausend Sendungen Abertausende von Meldungen fehlerfrei vorgelesen, und trotzdem immer wieder diese Albträume! Gut, einmal hatte er aus Bayern München statt einen ›Spitzenreiter‹ einen ›Spitzenreiher‹ gemacht... aber was war das schon gegen »Pfingstfressen der Sudetendeutschen« gewesen, das einen Radiokollegen seinerzeit den Job gekostet hatte. Aber vielleicht waren diese Träume ja auch genau die Grundlage dafür, dass er immer so konzentriert war und sich so selten versprochen hatte. Eine Art inneres Frühwarnsystem.

Ja, Jan Hofer beherrschte sein Handwerk. Putzmunter und zielstrebig schritt er ins Studio 1, setzte sich lächelnd auf seinen Sprecherplatz, und schon ging es los. Das »Tagesschau«-Thema erklang, und die Kameramänner richteten ihr Arbeitsgerät auf ihn.

»Manuel Neuer… in Köln begrüße ich Manuel Neuer…«, murmelte er leise, bis das rote Licht aufleuchtete…

Die drei Musketiere

Was immer Alexandre Dumas auch geritten hat, diese Geschichte plötzlich in Paris spielen zu lassen, und wie auch immer er auf Figuren wie den jungen d'Artagnan und seine drei von ihm bewunderten Freunde Athos, Porthos und Aramis kam … es wird Zeit für den wahren Text …

Glitzernd lagen die Kugeln auf dem staubigen Boden der alten Boulebahn inmitten der Stadt. Die drei Männer, die bis eben noch gespielt hatten, saßen nebeneinander auf der kleinen Mauer und machten Zigarettenpause. Wäre ein Betrunkener vorbeigekommen, hätte er in diesem Moment vermutlich dem Alkohol für immer abgeschworen. Denn im Suff mal etwas doppelt sehen, das ging ja noch … aber dreifach? Dabei war es gar keine Sinnestäuschung, die da auf der Mauer Platz genommen hatte und einem einen Streich hätte spielen wollen. Nein, dort saßen einfach nur drei Männer, die vor über achtzig Jahren innerhalb von zehn Minuten von ein und derselben Mutter zur Welt gebracht worden waren. Die Arthur, Paul und Arnold hießen und seitdem das waren, was man dann eben war: Drillinge! Wobei die drei nicht allein waren an diesem frühen Abend. »De Andreas«, wie sie ihn nannten, kam gerade mit ein paar Flaschen Bier vom nah gelegenen Kiosk zurück und wurde mit dankbarem Nicken bedacht. Sah man, wie wohlgesonnen die drei den jungen Mann betrachteten, den sie liebten wie einen Sohn, wäre man nie im Leben daraufgekommen, unter welchen Bedingungen sie sich tatsächlich kennengelernt hatten. Vor gut vier Jahren war das gewesen, als die Brüder nach einem ausgiebigen Kneipenbesuch laut diskutierend nach Hause getorkelt waren. Plötzlich hatte dieser Kerl mit der Mütze über dem Kopf und einer Pistole in der Hand vor ihnen gestanden und ihre Brieftaschen gefordert. Was sich schnell als schlechte Opferauswahl herausstellte, denn bevor er überhaupt realisieren konnte, was geschah, hatte das Gespann ihm nicht nur die Waffe entrissen, sondern blitzschnell in einen Dreierschwitzkasten genommen, in dem er feststeckte wie ein Stück Metall in einer Schraubklemme. Doch statt ihn der Polizei auszuliefern, hatten sie ihn mit in die nächste Kneipe geschleift und ihn gezwungen, mit ihnen ihren »Spezialabsacker« zu trinken. Wobei er schnell begriff, dass das Wort »einen« keinerlei reale Angabe über die wirkliche Anzahl von zu konsumierenden Mischgetränken machte und dass man einen Fernet durchaus auch mit Eierlikör mischen kann! Und während sie ihn grinsend abfüllten, musste er ihnen erzählen, warum er des Nachts alte Männer überfiel. Am Ende wussten sie alles über ihn. Ob Eltern, Schule, Beruf oder Frauen, alles war immer konsequent schiefgelaufen. Im Prinzip war sein junges Leben bis dahin eine unglückselige Melange aus hoch konzentriertem Pech, seiner Unfähigkeit es kommen zu sehen, und der Gabe, im falschesten Moment das Allerblödeste zu tun. Zumindest bis zu diesem Abend. Denn schon bald hatten die drei aufgehört zu grinsen, ihm stattdessen geduldig zugehört, nur gelegentlich nachgefragt, ihm am Ende ihre Adresse aufgeschrieben und ihn dann in der Kneipe zurückgelassen. Nur die Pistole hatten sie mitgenommen. Natürlich hatte er es bereits in dieser Nacht vollkommen ausgeschlossen, diese offensichtlich geistesgestörten (wenn auch noch ziemlich sportlichen) Tattergreise tatsächlich zu besuchen, doch bereits am übernächsten Tag hatte ihn eine unsichtbare Schnur bis direkt vor ihre Tür gezogen. Von da an gaben sie ihm kleine Aufgaben im Haus, die sie sogar bezahlten, bis sie ihm schließlich einen Job in einer Druckerei eines Freundes vermittelten.

Vor allem aber hatte er das erste Mal in seinem Leben eine Familie. Zwar aus Mitgliedern, die schon mal mitten im Gespräch dermaßen einen fahren ließen, dass es die Fenster beschlug und anwesende Zimmerpflanzen ihre Blätter verloren, die ab und zu mitten beim Essen und mit offenem Mund einschliefen oder ihre dritten Zähne auf dem Esstisch liegen ließen, aber das war als Gegenleistung locker auszuhalten.

Den Job hatte er zwar mittlerweile gegen den bei einem Fahrrad-Onlinehandel eingetauscht, aber ansonsten war alles beim Alten geblieben. Und wann immer er Zeit hatte, suchte er ihre Nähe. So wie heute.

Schnell flogen die Kronkorken, und schon floss das kühle Bier die ausgetrockneten Kehlen runter. Versonnen starrten sie nun auf die Kugeln. So, wie sie da in der Abendsonne lagen, hatten sie etwas Beruhigendes.

»Is immer wieder schee, des Boule!«, seufzte Arthur.

»Des stimmt…«, bestätigte Paul, was Arnold wiederum zu einem »Wohl wahr!« bewog.

»Wer hat'n eigentlich gewonne?«

»Ei, ich!«

»Quatsch! Ich hab gewonne!«

»Und ich dachte, ich!«

»Vielleicht habbe mer ja auch alle drei gewonne. So wie damals bei dem Marathon! Wisst ihr noch …«

Fragend schaute Arthur seine drei bzw. sieben Minuten jüngeren Brüder an.

»Wie sollte mer des je vergesse?!«, grinste Paul. »Und des Beste war … keiner hat was gemerkt!«

»Des stimmt«, antwortete Arnold mit verträumtem Blick. »Ich weiß des noch wie heut …« Erneut nahmen alle drei einen ausgiebigen Schluck, um dann wieder zu schweigen. Entgeistert starrte Andreas sie an. Wie einen Fernseher, der in der Sekunde vor dem alles entscheidenden Elfmeter plötzlich keinen Saft mehr hat.

»Was ist denn? Ihr könnt doch nicht anfangen, etwas zu erzählen, und nach dem Intro schon wieder aufhören!«

»War en Gag, Klaaner, entspann dich! Also … ich bin als Erster beim großen Start losgelaufe … bis ich nach en paar Kilometer unauffällisch in einer Seitenstraße abgetaucht bin …«

»… wo ich schon mit dem Auto uff dich gewartet hab …«, fuhr Arthur fort. »… und da bin ich dann ins Renne eingestiegen …«

Paul lachte laut auf.

»Genau … bis mer dich en paar Kilometer weiter wieder eingeladen ham und dich durch mich ersetzt habbe! Und so ging des über verzisch Kilometer … und kaaner hat's gemerkt!«

»Richtisch! Und während die annern Läufer immer kaputter warn, war dieser unglaubliche Läufer mit der Startnummer 103 fit wie en Turnschuh …!«

»… wie des wohl kam?«, prustete Arnold.

»Ja wenn mer des wüsste«, wimmerte Paul. »Ich weiß nur noch, dass ich zum Schluss mit mehrere Kilometer Vorsprung gewonne hab!«

»Na, na … du bist zwar als Erster durchs Ziel gelaufe … aber gewonne habbe mer alle drei!«

»In Rekordzeit! Hat bis heute keiner eingestellt, den Rekord!«

Grinsend nahm Arnold einen tiefen Zug und ließ dann den Rauch gekonnt in Kringeln zum Himmel aufsteigen.

»Mer warn aber auch schnell!«

Lachend traten die drei Brüder ihre Zigaretten aus, die sie alle exakt bis einen Zentimeter über den Filter runtergeraucht hatten. Für eine gute Minute schwiegen sie, zufrieden vor sich hin feixend. Fragend schaute Andreas sie der Reihe nach an.

»Noch so 'ne Story?«

»Klar! Könnt ihr euch noch an die Sache mit dem Keith Richards erinnern?«

Diesmal war Paul derjenige, der das Thema vorgab.

»Ja, logisch …«, nickte Arnold »… des war in der Zeit, wo wir als Ordner bei Lippmann & Rau gearbeitet habbe, dieser Konzertagentur. Ich seh des noch alles vor mir. Mer stande in dem lange Gang, durch den die Stones laufe musste, um auf die Bühne zu komme. Vorne ich, zehn Meter weiter dann du, Paul … und dann noch ema zehn Meter weiter du, Arthur. Und als se dann aus ihrer Garderobe gekomme sind, hab ich den Keith Richards gebeten, mir mit'm Edding uff die Stirn en Autogramm zu gebbe. Was er auch gemacht hat …«

»Genau … und en paar Meter weiter hab ich ihn dann gebeten, mir en Autogramm uff die Stirn zu gebbe. Ich weiß noch, dass er irritiert de Kopp geschüttelt hat, so als hätt er sich irgendwie vertan …«

»Ja, und als ich ihm dann schließlich als Dritter auch noch meine Stirn und de Edding entgegengestreckt habe, isser kreidebleich geworn, hat seinen Flachmann und sein LSD-Dösche aus de Jackentasch gezogen und in de nächste Mülleimer geworfe!«

Bedeutend blickte Paul Andreas an.

»Und was lernt man daraus, mein Bub?«

Andreas zuckte mit den Achseln.

»Na?«

»Wenn du drei so Vollidiote wie uns um dich rum hat, brauchste keine Drogen mehr. Net ma de Keith Richards!«

Jetzt waren sie in ihrem Element.

»Was auch super gelaufe is, war des auf der Karnevalssitzung. Erst bin ich aufs Podium und hab als hinkender Hausmeister im graue Kittel 'ne ziemlich schlechte Büttenrede gehalten. Dann hab ich mich auf der Bühne auf'n Stuhl gesetzt, damit mich auch alle weiter sehen konnten …«

»Dann kam ich … natürlich auch als Hausmeister, natürlich auch hinkend, und hab dieselbe miese Büttenrede noch mal gebracht …«

»Ja, und als ihr dann zu zweit nebeneinander da obbe gesesse habt, bin ich noch gekomme …«

»Spätestens ab da war es totenstill in dem Schuppe. Die Typen vom Elferrat habbe nur noch ratlos auf ihren Tisch gestarrt, und die Kapelle hat auch net mehr dorschgeblickt, weil se ja dreimal hintereinander bei denselben blöden Witzen die Tuschs spiele musste. Kurz drauf sind alle stillschweigend heimgegange. Ich glaub, des war die schrägste Karnevalsveranstaltung aller Zeiten.«

»Und der Elferrat ist noch am nächsten Tag offiziell zurückgetrete!«

»Aber noch blöder waren diese Ärzte bei der Musterung damals. Keiner von dene hat gemerkt, dass wir uns bei unsere jeweiligen Untersuchungen heimlich abgewechselt ham. Am Ende hamse jeden von uns ausgemustert!«

»Ei klar, die Kombination aus deinem schiefe Rücke, Pauls Asthma und meine zwei verschieden große Eier waren als Kombi aber auch unschlagbar!«

Das nächste Lachbeben erschütterte die kleine Boulebahn! Arnold holte jetzt tief Luft.

»Aber des Größte, des Allergrößte war die Nacht mit Irene!«

Gespannt klebte Andreas an seinen Lippen. Was sollte denn all diese Geschichten noch toppen? Arnolds Augen leuchteten jetzt hell wie zwei kleine Lampions.

»Immer wieder is einer von uns rein in de Kleiderschrank, und wieder raus aus'm Kleiderschrank … und sie hat nix gemerkt, weil sie es ja gern dunkel gehabt hat debei! Die ganze Nacht lang! Am nächste Morgen hat sie dann zu mir gesagt, sie hätt schon 'ne Menge Männer im Bett gehabt, aber en Typ mit meine Steherqualitäte noch nie!«

»Hättse ma lieber zwischendurch in ihren Schrank geguckt!«

»Annererseits …«, Paul wischte sich die Lachtränen von der Backe, »… so hatte mer alle was davon!«

Erneut schüttelten die drei sich vor Lachen wie zu schnell geführte Marionetten eines Puppentheaters. Und während die letzten Sonnenstrahlen noch einmal sanft das Silber der Boulekugeln berührten, ließen die drei, sehr zur Freude ihres Zöglings, noch viele weitere gemeinsame Erlebnisse Revue passieren. Wie sie beim Roten Kreuz dreimal unmittelbar hintereinander Blut gespendet hatten und dabei eine Krankenschwester fast in den Wahnsinn getrieben hatten. Und wie sie das Gleiche, weil es so lustig gewesen war, beim Samenspendedienst wiederholt hatten! Was dann noch viel lustiger gewesen war…

Drei Schwestern

Gerade weil Anton Tschechow bei seinem Drama im Gegensatz zu Dumas zumindest den Ort der Handlung gar nicht und die Namen seiner drei weiblichen Hauptfiguren Olga, Mascha und Irina nur unwesentlich verändert hatte, verblüffte umso mehr die Tatsache, dass er dafür ihre eigentliche Herkunft verleugnete, indem er waschechte Russinnen aus ihnen gemacht hatte.

Warum auch immer … hier das letzte der im Odenwald entdeckten Kapitel …

Der Bedarf des Russen an hessischem Apfelwein hielt sich in Grenzen. Genauso wie die Nachfrage nach grüner Soße, Handkäs oder auch Rippchen mit Kraut. Der Russe bevorzugte nun mal Pelmeni, Borschtsch und vor allem Wodka.

Erst vor ein paar Jahren hatten die drei Schwestern Frankfurt den Rücken zugekehrt und waren hierher in die russische Provinz nach Bogorodosk gezogen. Um voller Zuversicht und Tatendrang diesen kleinen Laden mit den hessischen Spezialitäten in dem alten Fachwerkhaus an der Hauptstraße zu eröffnen. Natürlich auch darauf spekulierend, dass die Leute vielleicht auch ein bisschen wegen ihnen kämen, denn weibliche Drillinge, wenn auch mittlerweile Mitte siebzig, konnte man ja nun auch nicht jeden Tag überall bestaunen. Aber trotz dieses »Zusatzangebotes« und trotz der Tatsache, dass Moskau nur gute zwanzig Kilometer entfernt war, hatte sich ihre neue

Heimat als das definitiv größte Kuhkaff der Welt entpuppt. Und die dortige Bevölkerung als die unflexibelsten Konsumenten dazu. Was ärgerlich war. Allerdings nicht ärgerlich genug, um den dreien den Spaß an der Freude zu nehmen. Denn wenn Olga, Jascha und Irene etwas im Übermaß im Blut hatten, dann war es diese unzerstörbare große Fröhlichkeit, mit der sie allem im Leben begegneten.

Auch heute, obwohl noch kein einziger möglicher Kunde auch nur einen Blick in das liebevoll dekorierte Schaufenster geworfen hatte, war die Stimmung der Schwestern, wie fast immer, ausgelassen. Denn sie hatten ja sich. Und ihre gemeinsamen Geschichten von damals, die sie sich immer wieder gerne erzählten, während sie auf Obstkisten saßen und Kaffee tranken.

»Erinnert ihr euch noch daran, wie die bei der Tankstelle diesen neuen Tankwart eingestellt haben?«, grinste Olga gut gelaunt.

»Ja klar! Ich weiß sogar noch, wie der hieß! Thomas Schlüter! So 'n ganz Schüchterne!«

Jascha gluckste laut.

»Wir haben uns die drei blauen Volvos aus dem Fuhrpark vom Vater ausgeliehen! Erst bist du hingefahren und hast vollgetankt, da hat er noch verlegen gegrinst. Zehn Minuten hab ich vollgetankt... da hat er schon ziemlich bescheuert geguckt!«

»Aber als ich dann kurz drauf zum dritten Mal diesen blauen Volvo vollgetankt hab, hat er mich beim Bezahlen angestarrt wie en Alien!«

»Was hast du dann noch mal zu ihm gesagt?«

»Ich hab gesagt ›Unglaublich, was diese Schweden so verbrauchen. Einmal von hier zum Bäcker gefahren und schon leer. Danach zum Metzger… leer! Und jetzt war ich nur kurz bei de Bank… schon wieder leer.‹«

»Und des, obwohl Tankstelle, Bäcker, Metzger und Bank alle direkt nebeneinander gelegen habbe! Der war fertisch!«

Die drei Schwestern amüsierten sich wie immer königlich.

»Apropos ›Auto‹. An was ich mich auch gern erinnere, ist der Abend, wo wir in der Disco waren und uns unsere Freundin Moni diesen Aufreißer gezeigt hat, der wo immer die Weiber abgeschleppt und se am nächsten Tag net ma mehr mim Arsch angeguckt hat. So wie er des übrigens bei ihr auch gemacht hat! Also hab ich ihn angesproche und augenzwinkernd gefragt, ob er mich heimfährt. Als mer dann vor der Haustür standen, hab ich ihm übers Bein gestreichelt und gesagt, ich müsst jetzt leider rein, weil ich noch beten müsste. Des war ihm anscheinend noch nie passiert, so irritiert war der.«

»Als er wieder zurück zur Disco kam, bin ich hin und hab ihn gebeten, mich heimzufahren! Und als er gemeint hat, er hätte mich doch eben schon nach Hause gefahren, hab ich ihm die Backe getätschelt und ihm ins Ohr geflüstert ›Des war bestimmt nur ein Traum, aber ich bin die süße Realität.‹… worauf er mich sofort zu seinem Auto gebracht hat. Als mer dann zu Hause angekomme sind, hab ich die Bibel aus der Handtasche gezogen und gesagt: ›Was freu ich mich aufs Lesen! Gut Nacht!‹ Ich glaub, fassungsloser hab ich en Typ nie gucken gesehen!«

»Ja, und als er 'ne halbe Stunde später das zweite Mal vollkommen frustriert vor der Disco gehalten hat, stand ich schon da, hab die Bluse so e bissi aufgeknöpft und gesacht: ›Bin ich froh dass du endlich da bist. Fährst du mich bitte heim, Schätzsche?‹ Und als er dann des Kruzifix gesehen hat, das ich überm Ausschnitt getragen hab …!«

Irene schrie fast vor Lachen.

»… hat er Vollgas gegebbe und ist abgebrettert wie en Verrückte!«

»Und innerhalb von nur zehn Minute gleich zweimal geblitzt worn!«

»Genau! Und ein paar Monate später hat er dann geheiratet …«

»Ja, und wisst ihr auch noch, wen?«

»Thomas Schlüter von der Tankstelle!«

Die drei lagen jetzt fast auf dem Boden vor Begeisterung.

»Erinnert ihr euch noch an die Sache mit dem Wettsaufen? Des war auch so was!«

»Stimmt, des war in Bayern, als wir die Tante Magret besucht habbe! In so einem typischen Bierzelt. Hunnerte von diesen Typen in Lederhosen, und wir mittendrin!«

»Des Gute war, dass man immer nach einem Liter auf die Toilette durfte! Des war zwar für die von uns, die dort gewartet haben, ziemlich eng …«

»… aber so konnte mer uns immer schön abwechseln!«

»Wisst ihr noch, wie viele jede von uns getrunke hat?«

»Na klar! Exakt elf große Maß!«

»Wahnsinn! Des macht zusamme dreiunddreißig Liter Bier!«

»Und trotzdem sind wir nur Vorletzter geworn …«

»Eja, im Saufe kimmste gegen die Bayern net an!«

Diese und viele andere Geschichten ihrer Zeit in Deutschland versüßten ihnen immer und immer wieder die Stunden in ihrem kleinen hessischen Spezialitätengeschäft, in das, wie auch heute, so selten jemand kam.

»Aber das Beste war das mit den Drillingen!«, kicherte Irene, »Ham im Schrank gehockt und gedacht, dass wir net merken würden, dass immer wieder ein anderer von ihnen ins Bett gekrabbelt kam!«

»Stimmt!«, prustete Jascha und schlug dabei vor lauter Begeisterung mit der Hand auf den Tisch, dass der Apfelwein nur so aus den gerippten Gläsern schwappte. »Dass es aber noch en zweite Schrank gegebbe hat und wir uns auch die ganze Nacht abgewechselt habbe, des hamse net geschnallt, die Deppe!«

»Annererseits …«, Olga wischte sich die Lachtränen von der Wange, »… so hatte mer alle was davon!«

Erneut schüttelten die drei sich vor Lachen wie zu schnell geführte Marionetten eines Puppentheaters. Und während die letzten Sonnenstrahlen noch einmal sanft die Auslage ihres kleinen Schaufensters berührten, ließen sie noch viele weitere gemeinsame Erlebnisse Revue passieren. Wie sich damals eine nach der anderen die Haare hatte schneiden lassen und sie dabei einen Friseur fast in den Wahnsinn getrieben hatten. Und wie sie, weil es so lustig gewesen war, einen Tätowierer aufgesucht hatten, um sich dreimal hintereinander das gleiche Motiv stechen zu lassen! Was dann noch viel lustiger gewesen war …

... allerdings nicht annähernd an den Tag herankam, an dem sie neun Monate nach der Nacht mit den Drillingen von ein und demselben Frankfurter Entbindungsarzt innerhalb nur einer Stunde ihre drei Kinder zur Welt bringen ließen ...!

Interview des Wissenschaftsmagazins »Nova« mit dem Leiter der Archäologischen Arbeitsgruppe an der FH Darmstadt Dr. Markus Porwack

Herr Dr. Porwack, Sie sind Doktor der Archäologie und auch Leiter der Archäologischen Arbeitsgruppe Darmstadt, die für diese spektakulären Funde im Odenwald verantwortlich ist …
Das stimmt!

Ihre Biografie weist eine ganze Reihe hochinteressanter Betätigungsorte auf … von ägyptischen Ausgrabungsstätten über die Freilegung einer keltischen Kirche im mittleren Westen Irlands … bis hin zu Ihrem vermutlich größten Projekt … einem kompletten Dorf aus der Kreidezeit in Australien in der Nähe der Küstenstadt Brisbane.
Genau! Des war echt ein Ding!

Wie landet jemand wie Sie dann nach all diesen Orten bzw. Betätigungsfeldern an der FH Darmstadt?
Meine Frau Birgit hat einen Geschenkeshop in Weiterstadt, und den hat immer ihre Mutter für sie geführt. Aber dann hat die Rheuma bekomme … erst im Beckenbereich, dann ist das hoch in den Rücken. Die konnte einfach nicht mehr, und Birgit wollte nicht, dass jemand Fremdes den Laden macht.

An der FH leiten Sie jetzt eine Gruppe von Archäologiestudenten, die ja auch beim Odenwälder Sensationsfund dabei waren. Mal etwas salopp gefragt … wie bekommt man denn eine Horde hoch

motivierter junger Leute so in den Griff, dass sie diszipliniert und vor allem auch strategisch richtig an solch ein mit Sicherheit schwieriges Projekt wie die Bergung dieser hochbrisanten Dinge rangeht?
Na ja, Horde ist übertrieben. Es sind ja nur drei! Also mit mir! Ansonsten waren das die Katrin und der Holger. ›De Holscher‹, wie man in Südhessen auch gerne sagt. Gut, wenn man Vivak Mdlaczik dazunimmt, sind wir genau genommen vier Leute!

Ein osteuropäischer Kollege?
Nein, das ist der serbische Baggerfahrer, der das Ganze ja quasi entdeckt hat.

Ach so. Und mit dieser Gruppe haben Sie dann die gesamte Höhle inklusive Handkäszimmer, Schriftrollen, prähistorischer Gemälde und einiger Sensationen mehr freigelegt …
Ja und nein. Wenn man es genau nimmt, hat eigentlich Vivak Madliczik die Höhle freigelegt. Dann sind wir rein.

Was ja unsereinen etwas irritiert, ist die Frage der Datierung. Sie sagen, die Schriftrollen seien viele hundert Jahre alt.
Wenn nicht noch älter.

Wie kam es aber dazu, dass die unbekannten Schreiber nicht nur Werke des 19. und 20. Jahrhunderts vorwegnahmen, sondern auch wie selbstverständlich von Autos, Duschen oder zum Beispiel Telefonen schreiben …?
Einfache Erklärung: Genies!

Kann es nicht sein, dass es sich bei dem Ganzen um eine plumpe Fälschung handelt? Ich sage nur »Hitler-Tagebücher«.
Ich versteh die Frage nicht. Wenn Sie damit andeuten wollen, dass da was nicht ganz sauber ist oder dass zum Beispiel unser Vivak da seine Hände im Spiel hat, kann er Ihnen gern mit seinen Freunden das Ganze persönlich detaillierter erläutern.

Danke, nicht nötig... Die Funde dort haben jedenfalls Historiker aus der ganzen Welt in helle Aufregung versetzt und viele von ihnen auch veranlasst, direkt hierher zu Ihnen zu kommen
Das stimmt.

Wie muss man sich denn so eine Präsentation unter Archäologen vorstellen? Sind die kostbaren Funde in einem besonders gesicherten Raum untergebracht...?
Kann man so sagen.

Aha! Also sind sie nach Frankfurt in eines der zahlreichen Museen gebracht worden. Das Senkenberg-Museum müsste doch großes Interesse an Ihren Entdeckungen gezeigt haben...
Das haben die in der Tat.

Und?
Da sind sie nicht.

Wow, ich glaube, Ihr Schmunzeln bedeutet, dass es ein paar Nummern größer wird. Man wird die Fundstücke also bald im Guggenheim-Museum in New York bewundern können!
Nee, da auch nicht...

Lassen Sie mich raten. Im Pariser Louvre?
No.

Im Prado in Madrid, stimmt's?
Und noch mal no …

Jetzt hab ich es! Die Russen haben zugeschlagen, und jetzt befindet sich alles in der Eremitage in Petersburg. Dort, wo auch »Der kauernde Knabe« von Michelangelo, die »Madonna mit der Blume« von Leonardo da Vinci, aber auch Bilder von Tizian, Vincent van Gogh, van Dyck zu sehen sind. Genauso wie Gemälde von Caspar David Friedrich oder auch die Werke der modernen Kunst, wie Bilder von Wassily Kandinsky und Kasimir Malewitsch. Sein »Schwarzes Quadrat« ist eines der bekanntesten Bilder des Museums.
Was Sie alles wissen! Aber trotzdem auch falsch.

Gut, dann kann ich Sie nur im Namen der Leserschaft von »Nova« bitten, uns zu verraten, wohin wir denn in Zukunft reisen müssen, wenn wir all diese großartigen Dinge mal aus nächster Nähe sehen wollen …
Nach Kelkheim!

Kelkheim? Klingt skandinavisch. Wo genau ist das? Schweden, Norwegen …?
Nee, weniger nördlich … eher westlich. Hinter Frankfurt, Richtung Rüsselsheim.

Oh! Das ist ja jetzt doch eine Überraschung!
Na ja …

Da kann man also jetzt die Sachen besichtigen?
So einfach ist es nicht, selbst wenn Sie dahin fahren, können Sie es nicht einfach anschauen.

Das heißt, die Sachen befinden sich in Privatbesitz?
Das kann man so sagen. Wobei … wenn Sie dort Mitglied sind bzw. werden, dann geht's.

Verstehe, wir müssen also Mitglied werden. Bei einem Kunstverein, bei einem Auktionatorenverband oder Ähnlichem …
Na, so würde ich das »Quicky Rhein-Main« jetzt nicht bezeichnen …

»Quicky Rhein-Main«? Sagt mir jetzt erst mal nichts. Ist das ein Treffpunkt junger Künstler … ich tappe ein bisschen im Dunkeln.
Nein, man muss jetzt nicht unbedingt Künstler sein, wenn man dahin will. Wobei man aber durchaus Künstler sein darf. Sie können aber auch als Schlosser dahin. Oder als Prokurist!

Ich verstehe es immer noch nicht ganz. Was genau muss man denn mitbringen, um dort Einlass gewährt zu bekommen?
Gut ist immer, wenn man seinen Ehepartner mitbringt. Je mehr Paare da sind, umso größer die Chance, dass keiner leer ausgeht und blöd in der Ecke rumsteht!

Moment … dann ist das »Quicky Rhein-Main« gar kein Kunstverein oder Ähnliches, sondern …
Ich glaub, gleich haben Sie es ….

… ein Swingerclub?!
Bingo!

Um Gottes willen! Wieso haben Sie denn wertvolle archäologische Exponate, an der die ganze Welt Interesse hat, an einen Swingerclub verkauft?
Weil der Chef von dem Laden, der Rainer, der Cousin von meiner Birgit ist. Der hat ihr damals zur Eröffnung von dem Geschenkeshop finanziell unter die Arme gegriffen. Na ja, und der Rainer meint halt, dass so was seinen Laden kulturell ein bisschen aufmöbeln täte. So vom Image her! Aber das würde jetzt zu lange dauern, das alles zu erklären. Außerdem muss ich los. Der Vivak hat mir gerade eine SMS geschickt, dass er im Taunus anscheinend wieder mal zufällig was entdeckt hat. Irgendwas mit meterhohen Skeletten usw. Also … dann einen schönen Tag noch … und vielen Dank für des prima Gespräch.

Ja, aber wie kommen wir denn jetzt zumindest an aktuelle Fotos?
Auf die A3 bis zum Frankfurter Kreuz und dann Abfahrt Rüsselsheim. Ab da ist Kelkheim ausgeschildert! Am besten vorher den Rainer anrufen. Wenn Ihnen das aber zu weit ist, können Sie auch auf seine Internetseite gehen. Da können Sie auch Fotos runterladen! Wobei ich allerdings nicht weiß, ob die für Ihr Magazin das Richtige sind …

Das Gespräch führte »Nova«-Redakteur Charles. B. Zenkmann

Vivak Mdlaczik, dem die Welt die sensationellen Funde und deswegen auch dieses Buch zu verdanken hat!

Die »Dankeschön!«-Kategorien:

1) Die »Danke an alle, die mit dem Buch unmittelbar zu tun haben«-Kategorie:

Petra Hermanns, die nicht nur meine großartige Literaturagentin ist, sondern zu den konstant freundlichsten und gutgelauntesten Menschen gehört, die ich bislang in meinem Leben getroffen habe!

Matthias Bischoff, meinen Lektor, der der lebende Beweis ist, dass es keine Altersbegrenzung dafür gibt, neue »Verwandte im Geiste« zu treffen! Auch wenn ich mich an E-Mails, die mit »... ähm, wieso verstehe ich das jetzt nicht gleich ...?« oder »hmmm ...« anfangen, erst mal gewöhnen musste!

Oliver Schmitt, der das schöne Cover kreiert hat!

Gerd für sein wunderbares Gastkapitel »Shining«!

Arnold Frühwald, meinem serbischen Baggerfahrer aus Mühlheim am Main!

Alexander Mirsch, der das Coverfoto gemacht hat!

2) Die »Die mich moralisch unterstützt haben«-Kategorie:

Biggi, die bereits dabei war, als ich die allerersten Ideen zu diesem Buch hatte, und mich früh bestärkt hat, es auch wirklich zu schreiben …
sowie Hans Emmert, Kerstin, Corinna, Tetta und Maha, Silke und Tommi, Crepper, Volker, Wolfgang Sauer und Mam (die mir seit Sommer 2012 die Daumen von da oben drückt!) und mein Vater (der das schon etwas länger von gleicher Stelle aus tut!)!

3) Die »Live-Connection«-Kategorie:

Meine wunderbare Crew mit Johannes, Gaby und Benjamin sowie das komplette Team vom Konzertbüro Emmert!
Bei dieser Gelegenheit einen fetten Gruß an Rick Kavanian und Martin Johnson, mit denen ich auf Tour gehe, um dieses Buch zu präsentieren!

4) Die »Widmungs«-Kategorie:

Gewidmet ist es meinen persönlichen Hoffnungsträgern in Sachen »Altersversorgung«, nämlich Lucie, Jascha, Max, Merlin und Niklas sowie Paulina und Emil!

5) Die »Spezial«-Kategorie:

Und eine Sondererwähnung gehört meiner Dogge Mathilda, die einen Großteil der Schreibzeit unmittelbar hinter mir gelegen hat und die aufgrund meines oftmals lauten Lesens das Buch als Einzige auswendig kennen dürfte.

Inhaltsverzeichnis

Michael Gantenberg

Jochen
oder Die Nacht des Hasen

»Keine Angst mehr vor Wiedergeburten,
solange man als Hase kommt.
Gantenberg ist der ernsthafteste Spaßmacher unter den Märchenerzählern und zeigt uns eine bessere Welt.«

Bastian Pastewka

Dies ist die Geschichte von Jochen. Jochen ist Hase. Jochen kann lesen und sprechen. Er kennt die Probleme der Zeit und er kennt die Lösungen. Er wird berühmt. Aber reicht das schon aus, um die Menschheit zu retten?

Michael Gantenberg
Jochen
oder Die Nacht des Hasen
Roman

224 Seiten
Knaus Verlag
978-3-8135-0542-9

DOLLBOHRER! – DAS HÖRBUCH

Inszenierte Lesung mit BADESALZ,
Rick Kavanian, Roland Hotz und Jo Jung
Inklusive Bonusmaterial & Musik von Martin Johnson

Inhalt: Der Pate · Moby Dick · Harry Potter und der Stein der Weisen · Die Bibel – Abteilung Moses · Feuchtgebiete · Der Herr der Ringe – Die Gefährten · Platoon · Die drei Musketiere · Der Name der Rose · Shining · Frankenstein · Psycho · Lolita · Robinson Crusoe · Pinocchio · Münchhausen · Drei Schwestern